Franz Kafka

TOUS LES TEXTES PARUS
DU VIVANT DE KAFKA
I

La Métamorphose

et autres récits

*Traduction nouvelle
préface et notes
de Claude David*

Gallimard

PRÉFACE

Le Kafka que nous lisons — chacun le sait — n'était pas destiné à être lu. Sur deux chiffons de papier, hâtivement griffonnés, qu'on dénomme pompeusement ses testaments, il avait ordonné la destruction de son œuvre. Ces textes ne sont pas datés. L'un d'eux, écrit à l'encre, demande à Max Brod de réclamer quelques textes de lui qui se trouvent entre les mains d'autres personnes ; l'allusion ne peut se rapporter qu'à Milena Jesenská, à qui il avait confié le manuscrit de son Journal au début d'octobre 1921. L'autre billet, écrit au crayon, avait donné à Max Brod l'impression qu'il était plus ancien ; il se trompait cependant, car il y est fait allusion à Un artiste de la faim, qui ne fut écrit qu'à l'automne 1922. Peu importe d'ailleurs la date exacte de ces billets, car leur contenu est presque identique. Dans le testament rédigé à la plume, Kafka ne parlait que de ses manuscrits encore inédits, dans l'autre, il évoquait ses livres imprimés ; parmi ceux-ci, il n'acceptait de laisser intacts que Le Verdict, Le Soutier, La Métamorphose, La Colonie pénitentiaire, Un médecin de campagne (il s'agit du recueil qui porte ce titre) et Un artiste de la faim (il s'agit du récit ainsi intitulé, non du recueil, qui ne paraîtra qu'à titre posthume). Pour ce qui concerne Regard, l'exécuteur testamentaire est invité à ne pas détruire les rares exemplaires qui peuvent subsister encore, le livre ne méritant pas qu'on se donne la peine de le mettre au pilon.

Ces deux « testaments » sont parfaitement limpides ; ils ne laissent place à aucune casuistique. Tout le monde sait que Max Brod n'a pas obéi à la volonté expresse de son ami. Un an après la mort de Kafka, il publiait Le Procès. On s'interdira d'entrer dans le détail pour commenter une attitude qui a été déjà si souvent discutée. Était-ce une impiété ? Ou une piété mieux comprise ? Fallait-il, pour respecter le vœu de Kafka, renier son œuvre, la partie de lui-même où il restait vivant ? Fallait-il épouser le mépris dans lequel il tenait ses écrits, alors que Max Brod les regardait comme des chefs-d'œuvre ? On rappellera seulement qu'en 1918, Brod avait adressé à Kafka une prière analogue : il lui demandait, s'il venait à mourir, de faire disparaître quelques-uns de ses manuscrits — et Kafka avait répondu : « Mon très cher Max — ce ne sera pas exécuté, mais il en sera tenu compte. J'ai du reste aussi depuis assez longtemps dans un portefeuille une carte de visite à ton adresse avec des dispositions analogues, d'ailleurs très simples [...] Mais provisoirement nous sommes encore en vie. » On ne supposera certes pas que Kafka souhaitait secrètement n'être pas entendu, lorsqu'il demandait à Max Brod de détruire ses écrits — ce genre de rouerie ne lui ressemble guère. Mais il n'ignorait pas que l'amitié la plus sûre peut être à l'occasion aussi la plus rusée.

Il n'empêche : Kafka avait voulu dissimuler au public une œuvre qu'il estimait trop éloignée de son projet ou de son goût. Et la postérité lui infligeait un traitement qu'aucun autre écrivain sans doute n'avait eu à subir : on publiait tout, ébauches et brouillons, récits à demi acceptés ou textes réprouvés. Du jugement de l'auteur il n'était plus tenu aucun compte ; une curiosité, animée, il est vrai, par l'admiration et le respect, forçait toutes les portes, violait tous les secrets. L'œuvre ainsi livrée au public était finalement plus arbitraire que la sélection la plus sévère que l'auteur aurait lui-même opérée. D'autant que les textes détruits par lui, ou égarés au travers des tumultes politiques qui suivirent, creusaient dans l'œuvre des lacunes et des vides, dont seul le hasard était responsable.

D'où l'idée qui inspire la présente édition : réunir tous les textes que Kafka de son vivant avait laissé paraître, mais ces textes seuls. On n'a laissé de côté que deux ou trois critiques littéraires, qui portent sur des auteurs ou des revues aujourd'hui oubliés et qui n'auraient aucune chance d'intéresser le public français. Il faut d'ailleurs rester conscient des limites de cette entreprise. Quand Kafka livrait un récit à l'impression, cela ne voulait pas dire encore qu'il en était satisfait. Même au sujet des cinq ou six titres qu'il acceptait de sauver, il ajoutait, dans son billet à Max Brod : « Quand je dis qu'on ne peut retenir que ces cinq livres et ce récit, cela ne signifie pas que je souhaite qu'on les réimprime pour qu'ils soient transmis à la postérité ; au contraire, s'ils disparaissent complètement, l'événement aura répondu à mes désirs. Mais, puisqu'ils existent déjà, si quelqu'un veut les garder, je ne l'en empêche pas. » De même, il était moins habile dans les premières années à se défendre des entreprises de Max Brod, toujours pressé de vaincre ses résistances et de le faire connaître. Aussi trouvera-t-on, dans ces écrits de jeunesse, quelques textes que personne ne songerait à placer parmi ses œuvres majeures. Et vers la fin de sa vie, les terribles dépenses exigées par ses séjours en sanatorium ou en clinique l'obligent, pour se faire quelque argent, à publier des récits qui ne comptent pas au nombre de ses grandes réussites. Le présent livre n'est donc pas une anthologie. C'en serait même plutôt le contraire : une somme rigoureuse de tous les textes qui, à quelque moment et pour quelque raison que ce soit, ont reçu l'aveu de leur auteur.

La liste, on s'en doute, a de quoi dépayser les familiers de Kafka. Non seulement les fragments les plus illustres en sont absents : ainsi Le Chasseur Gracchus, trois ou quatre fois repris en main sans jamais aboutir ; ainsi Le Terrier, si

*proche cependant de sa conclusion. On ne trouvera aucune ligne
empruntée au* Château ; Le Procès *n'y figure que par deux
courts extraits — dont, il est vrai, l'un au moins est
fondamental, puisqu'il s'agit de l'apologue du Gardien de la
porte, la légende que l'aumônier des prisons raconte à Joseph K.
dans le chapitre de la Cathédrale.*

*Aucun des textes contenus dans ce tome n'est postérieur à
1913. Un second tome suivra, qui, outre des récits de jeunesse
comme* Les Aéroplanes à Brescia *ou* Le premier grand
voyage en chemin de fer, *comprendra, en même temps que*
La Colonie pénitentiaire, *les deux recueils de la maturité et
des dernières années,* Un médecin de campagne *et* Un
artiste de la faim.

*Voici donc Kafka tel qu'il voulut être ou tel du moins qu'il
accepta de se montrer. Ainsi lui est restitué le droit inaliénable
de tout écrivain, celui de se choisir. Personne ne voudrait
aujourd'hui être privé des textes innombrables que la décision de
Max Brod a livrés à la postérité. Mais il fallait aussi que
justice fût rendue à Kafka.*

*Il est donc vain d'épiloguer désormais sur un geste commis il
y a plus de soixante ans. En revanche, on reste toujours interdit
devant l'attitude de Kafka lui-même envers son œuvre. Lui qui
était si prompt à célébrer la louange des ternes récits de Max
Brod, lui qui restait saisi d'admiration et presque de jalousie devant les productions de jeunesse de Franz Werfel,
dont l'enflure paraît aujourd'hui si difficilement tolérable,
jetait au feu une grande partie de ce qu'il écrivait — et
il s'en est fallu de peu qu'un autodafé final ne détruisît
jusqu'à son nom. Cette extrême rigueur ne s'explique que
par la relation très particulière qu'il entretenait avec la
littérature.*

*Dans une vie faite de pénurie et d'échec, la littérature, pour
Kafka, tient lieu de tout le reste. Sa nature le portait du côté de
l'écriture ; l'écriture contribue à son tour à ravager toutes les
autres formes de la vie. Très tôt, en 1912, avant même qu'il ait*

écrit encore aucune œuvre majeure, il note dans son Journal :
« *Lorsqu'il fut devenu clair dans mon organisme que l'écriture
était l'orientation la plus productive de ma nature, tout se
précipita de ce côté en laissant à l'abandon toutes les facultés
qui se dirigeaient vers les plaisirs du sexe, de la nourriture, de
la boisson, de la réflexion philosophique et surtout de la
musique. Je commençai à m'étioler dans toutes ces directions.* »
*Dès que l'inspiration se tarit, dès qu'il traverse une de ces
phases de sécheresse qui sont si nombreuses dans sa vie, il
désespère de lui-même et du monde. La littérature est l'unique
compensation de toutes les misères, la seule justification de son
existence.*

*   « Étrange et mystérieuse consolation », écrit un jour Kafka,
« douce et merveilleuse récompense ». Mais il parle une autre
fois d'une « compensation artificielle et lamentable », d'un
« salaire pour le service du diable ». Ce don de l'écriture, dont
il dit qu'il lui a seul permis d'éviter la folie, est chèrement
acheté. Ces souffrances sont d'une tout autre nature que le
martyre de l'écrivain, tel que le décrit Flaubert, pourtant
modèle constant, réputé inégalable. Kafka s'inquiète peu de la
perfection formelle ; au fignolage du style il préfère toujours le
mouvement, la rapidité de plume, la dictée de l'inspiration. Ses
souffrances sont d'une autre sorte. Ce sont d'abord les nuits de
stérilité, passées devant la feuille blanche ou les ébauches
innombrables, aussitôt interrompues et rejetées. Ces soirs-là, il
griffonne en marge de ses manuscrits des réflexions désolées ou
rageuses : « J'ai écrit cette chose inutile, imparfaite, dans cette
sorte de facilité que donne la somnolence. » Ou : « rien, rien,
c'est ainsi que je fais naître des fantômes ». « Être misérable
que je suis ! » Ou encore : « Rien, rien, rien. Faiblesses,
anéantissement de soi-même, langue d'une flamme infernale,
qui se fraye un chemin à travers le sol. »*

*   Dans ces nuits de sécheresse cependant, il ne s'en prend
encore qu'à lui et à son impuissance prétendue. Mais il lui
arrive aussi de mettre en cause les exigences tyranniques de la*

*littérature : la littérature oblige à plonger au plus profond de
soi, en s'ouvrant à tous les périls du dehors. C'est le moment où
surgissent tous les démons. Dans les galeries souterraines
aménagées par la bête du Terrier, il y a un domaine que le
récit dénomme le « labyrinthe », par lequel Kafka désigne
apparemment le lieu de la création littéraire : cette « issue »,
écrit-il d'abord, « me perdrait plutôt, mais elle reste un espoir
et je ne peux vivre sans elle ». Mais à quel prix ? « Il me
semble parfois », dit la bête quand elle s'approche du
« labyrinthe », « que ma peau s'amincit, que je vais rester
là, la chair nue, et que je vais être salué, juste à ce moment,
par le hurlement de mes ennemis. » « Les écrivains », note
Kafka sur une des premières pages de son Journal, « ne
parlent que de puanteurs. » « Je vis », écrit-il un jour à
Max Brod, « au-dessus d'un trou d'ombre », d'où les
puissances d'en bas peuvent surgir à tout moment. Dans l'instant de la création, les diables, d'ordinaire enchaînés, se
libèrent de leurs liens et viennent le tourmenter. La littérature entretient chez l'écrivain une relation malsaine avec lui-
même.*

*Parfois, le doute franchit une étape de plus. Ces compen-
sations qu'on attend de la littérature, sont-elles plus que de
l'imaginaire ? Il n'est certes pas difficile à un phtisique d'écrire
la phrase : « L'étouffement est d'une inconcevable horreur »,
mais l'écriture ne se substitue pas à l'étouffement ; elle n'en est
que le stérile accompagnement. On ne crée cette compensation
que dans des spasmes de souffrance et, si l'on n'a pas déjà péri
des spasmes eux-mêmes, on « périt de la pauvreté désolante de
la consolation ».*

*Et l'infirmité de la littérature est inscrite déjà dans la nature
même du langage. Le langage ne peut rien saisir au-delà du
monde sensible : il est constitué de « figures » ou d'images,
qui n'offrent qu'un accès imaginaire à la transcendance qu'on
projetait d'atteindre. Ainsi, quand je dis « Va au-delà », ce
n'est qu'une image vide de sens ; je ne vais pas au-delà, parce*

que ce n'est pas possible : je piétine sur place ; le langage ne me propose qu'une tautologie sans espoir. Quant à celui qui décide de parler le langage des « figures » — c'est-à-dire de se vouer à la littérature, il devient « figure » à son tour, il vit dans l'imaginaire, il ne saisit rien qui soit réel ; au « propre », il a gagné, puisqu'il s'est affranchi de tout souci, en cherchant refuge dans le vide ; mais « au figuré », dans le monde des « figures » auquel il avait l'ambition d'accéder, il a perdu ; même le sacrifice de la vie quotidienne, même l'ascétisme de l'« artiste de la faim » n'accorde aucun accès aux vérités qu'on voulait atteindre. La littérature est un cheminement nécessaire, mais elle ne peut jamais éprouver que sa propre faiblesse ; la vérité qu'elle poursuit se dérobe. Kafka se voue à ce labeur amer, à cette constante expérience de l'échec. Car tout langage est fondé sur le mensonge : « L'humanité, écrit Kafka, déborde de discours du plus loin qu'elle se souvienne et d'un autre côté, le discours n'est possible que là où l'on veut mentir. » Ou bien, une autre fois : « L'aveu et le mensonge sont identiques. Pour pouvoir avouer, on ment. Ce que l'on est, on ne peut l'exprimer, puisque c'est justement cela que l'on est : on ne peut communiquer que ce qu'on n'est pas, c'est-à-dire le mensonge. » Dès lors, en face d'un Sinaï inabordable, la vie n'est que divertissement et tentative d'oubli. Que serions-nous, d'ailleurs, sans le mensonge ? Serions-nous capables, s'il se dissipait, de regarder la vérité sans être changés en statue de sel ? La littérature n'est-elle pas à sa manière une fuite ? Pendant que l'écrivain émigre vers la lune avec tout ce qu'il possède, la terre continue à tourner, sans se soucier de ces vaines évasions.

On a rarement formulé envers la littérature des doutes aussi radicaux. Et pourtant, ce n'est qu'une des faces de la pensée de Kafka : si l'écriture peut être le lieu de « fracassantes défaites », elle peut faire naître aussi des instants de fulgurante élévation ; et quelles que puissent être les déceptions et les misères, c'est un bien auquel on ne renonce pas, dès lors qu'on l'a découvert. Si Kafka refuse toujours la tentation romantique, c'est-à-dire s'il dénie au langage tout pouvoir autonome d'invention, s'il reste, comme il l'a souvent répété, délibérément sourd à la musique et refuse tous les effets d'enchantement, de « magie », de lyrisme, il persiste à faire de la littérature un lieu privilégié, où les choses se dépouillent de leur apparence, se montrent dans leur vérité. L'écriture, comme il la comprend et telle qu'il la pratique, est un instrument de démystification. Dans une notation de son Journal, restée longtemps inintelligible à cause d'une erreur de ponctuation, corrigée depuis peu, il écrit : « Étrange et mystérieuse consolation que donne l'écriture, dangereuse peut-être, peut-être salvatrice : elle permet d'échapper à la mortelle alternance action-observation, action-observation, en créant une forme supérieure d'observation, une observation, non point plus précise, mais faite de plus haut, et plus elle devient inaccessible à l'« alternance », plus aussi elle suit les lois de son propre mouvement, plus sa route devient imprévisible et joyeuse, plus elle s'élève. » Ainsi, la littérature, si elle parvient à ne pas outrepasser les limites qui lui sont imposées, acquiert un pouvoir autonome : elle réconcilie les contraires, elle est comme un observatoire dressé haut au-dessus du sol, à l'écart de l'illusion sensible, elle fait apparaître une sorte de vérité.

Dans des réflexions qu'il avait consignées en 1917-1918, Kafka écrivait qu'il n'existe, en réalité, qu'un monde spirituel : ce que nous dénommons le monde sensible n'est qu'une sorte de lie, qui s'est déposée au cours des temps et qui parvient à occulter la vision du monde spirituel. C'est ce monde spirituel qui apparaît à l'horizon de la création littéraire. Kafka l'appelle aussi le domaine de l'« indestructible », dont le langage, en dépit de son infirmité, peut laisser, dans le lointain, pressentir l'existence. « Je ne serai heureux », écrit-il en 1917, « que si je peux faire entrer le monde dans le pur, le vrai, l'immuable. » C'est une fonction quasi religieuse qu'il *assigne ainsi à la littérature. Il répétera, en 1920 : « l'écriture, forme de la prière » : par quoi il veut sans doute dire, en même temps, qu'à une époque où les dieux sont morts ou moribonds et les religions réduites à des pratiques vides de sens, la littérature est désormais le seul lieu légitime de la prière.*

Dans un petit texte intitulé Nocturne, *Kafka décrit une troupe de nomades pesamment endormis sur le sol. Mais quelques-uns veillent sur eux et se lancent des signaux à travers la nuit : « Et toi, tu veilles, tu es un des veilleurs, tu découvres le prochain veilleur en agitant le tison enflammé que tu prends au tas de brindilles près de toi. Pourquoi veilles-tu ? Il faut que quelqu'un veille, dit-on. Il faut quelqu'un. » Voici donc qu'après tant de protestations d'humilité, tant de moments de désespoir, Kafka s'assigne une fonction ; il a une place à tenir, un rôle irremplaçable à jouer. Une autre fois, il se voit placé à un tournant des temps, il est, dit-il, une fin ou un commencement. Il pense qu'il peut et doit tirer profit de la position exposée où le destin l'a confiné ; il attend que ses privations trouvent enfin leur récompense et que de son extrême faiblesse une force surgisse, qu'il est peut-être le seul à pouvoir produire : « Je n'ai rien apporté, que je sache, de tout ce que la vie exige, j'ai apporté seulement l'humaine et générale faiblesse. Grâce à elle — c'est de ce point de vue une force immense — j'ai vigoureusement absorbé en moi tout le négatif de mon temps, un temps qui m'est très proche, que je n'ai jamais le droit de combattre, mais dont je peux, jusqu'à un certain point, être le représentant. »*

Dans les moments où il accède à cette confiance, il est réconcilié avec lui-même, il se sent justifié. Mais ces heures-là sont rares et il se méfie de l'exaltation, peut-être mensongère, qui les inspire. Ainsi, quelques jours après avoir imaginé la métaphore du veilleur, il se corrige lui-même dans son Journal *et note sarcastiquement : « Un veilleur ! Un veilleur ! Sur quoi veilles-tu ? Qui t'a engagé ? Une seule chose, ton dégoût de toi-*

même, te rend plus riche que le cloporte, qui est couché sous la vieille pierre et qui veille. » Non seulement la littérature, son seul salut, l'a empêché de vivre, mais elle ne va pas l'aider à mourir : « Ce que j'ai joué », écrit-il, « va se produire maintenant dans la réalité. Je ne me suis pas racheté par l'écriture. Je suis mort ma vie durant et vais maintenant réellement mourir. Ma vie a été plus douce que celle des autres, ma mort n'en sera que plus terrible. L'écrivain en moi mourra naturellement aussitôt, car ce personnage n'a aucun sol pour le porter, il est sans consistance, il n'est même pas poussière ; il n'est à la rigueur possible que dans la vie terrestre la plus insensée, il n'est qu'une construction du narcissisme. Voilà pour l'écrivain. Mais quant à moi-même, je ne puis continuer à vivre, puisque je n'ai pas vécu ; je suis resté limon, je n'ai pas su changer l'étincelle en flamme, je ne l'ai utilisée que pour l'illumination de mon cadavre. Ce sera un étrange enterrement : l'écrivain, c'est-à-dire un être qui n'a aucune consistance, livrera le vieux cadavre, le cadavre de toujours, à son tombeau. »

Voilà pourquoi Kafka, lorsqu'il sent venir sa mort, demande à son plus proche ami de détruire toute son œuvre. Ce n'est pas la coquetterie d'un écrivain soucieux de sa renommée, c'est le geste d'un homme qui pèse sa vie et qui mesure la faillite de ses espoirs. Tout au plus peut-on ajouter que, dans les mois même où il rédige à l'intention de Max Brod ses deux « testaments », il écrit encore l'histoire de Joséphine, la petite Joséphine arrogante et nerveuse, mais dont le chant parvient toujours à rassembler autour d'elle le peuple des souris. C'est pourtant à peine un chant, plutôt un couinement à peine discernable du couinement ordinaire. Et il n'est pas sûr que les concerts de Joséphine apportent beaucoup de réconfort à la nation ; peut-être sont-ils même dangereux, car ils distraient de l'essentiel. Et cependant, qui voudrait s'en passer ? C'est, dans le peuple des souris, le seul moment où souffle encore l'esprit ; ce sont des instants de recueillement, où il passe comme un souvenir des *temps d'autrefois. Peut-être dans ce dernier récit, dont il corrige les épreuves sur son lit de mort, Kafka tente-t-il malgré tout, au-delà des doutes et des souffrances, une humble justification de son projet et de son œuvre.*

Claude David

La Métamorphose

et autres récits

CONVERSATION
AVEC L'HOMME EN PRIÈRE

Il y eut une époque où j'allais jour après jour dans une église, car une jeune fille dont j'étais tombé amoureux y priait à genoux une demi-heure tous les soirs — ce qui me permettait de la contempler en toute liberté.

Un jour que la jeune fille n'était pas venue et que je regardais avec humeur les gens en prière, je fus frappé par le spectacle d'un jeune homme à la silhouette maigre, qui s'était jeté de tout son long sur le sol. De temps en temps, il se prenait le crâne de toutes ses forces et le frappait en soupirant contre les paumes de ses mains, posées à même les dalles de l'église.

Il n'y avait dans l'église que quelques vieilles femmes qui tournaient souvent du côté de l'homme en prière leur visage enveloppé d'un foulard. Il semblait heureux de l'attention qu'il suscitait; car, avant chacun de ses pieux transports, il vérifiait par un regard lancé à la ronde si les spectateurs étaient suffisamment nombreux.

Je trouvais cette attitude inconvenante et je décidai de l'interpeller quand il sortirait de l'église et de lui demander pourquoi il priait de la sorte. Que voulez-vous, j'étais de mauvaise humeur parce que ma jeune fille n'était pas venue.

Mais il ne se releva qu'au bout d'une heure. Il se signa consciencieusement, puis il s'avança vers le bénitier d'un pas saccadé. Je me plaçai entre le bénitier et la porte, déterminé à ne pas le laisser passer sans qu'il se soit expliqué. Je tordis ma bouche, ainsi que je le fais toujours en guise de préparatifs, quand je veux demander raison à quelqu'un. J'avançai la jambe droite et pris appui sur elle, tandis que je balançais négligemment mon pied gauche sur sa pointe ; cela contribue aussi à me donner de l'assiette.

Il est fort possible que mon homme m'ait déjà guigné pendant qu'il s'aspergeait le visage d'eau bénite ; peut-être même les regards que je lui jetais l'avaient-ils déjà empli d'inquiétude. Toujours est-il qu'il s'élança inopinément vers la porte et sortit. La porte vitrée claqua. Et lorsque je l'eus franchie aussitôt derrière lui, je ne le découvris plus, car il y avait là nombre d'étroites ruelles et la circulation était intense.

Les jours suivants, il ne se montra pas, mais ma jeune fille revint. Elle portait une robe noire, ornée sur les épaules d'une dentelle transparente, sous laquelle apparaissait en demi-cercle le décolleté de sa chemise ; en dessous de la dentelle se dessinait une collerette de soie fort bien découpée. Et, comme elle était là, j'oubliai le jeune homme ; lorsqu'il revint ensuite régulièrement prier à sa façon, je cessai de m'occuper de lui. Mais, quand il passait près de moi, il pressait toujours le pas et détournait le visage. Peut-être ne pouvais-je me le représenter qu'en mouvement et croyais-je le voir rôder, alors même qu'il restait immobile.

Un jour, je m'étais attardé dans ma chambre. Pourtant, je voulus encore me rendre à l'église. La jeune fille était déjà partie et je m'apprêtais à rentrer chez moi. C'est alors que j'aperçus à nouveau le jeune homme. Le précédent incident me revint à l'esprit et éveilla ma curiosité.

Je me glissai sur la pointe des pieds jusqu'au portail, donnai une obole à l'aveugle qui se tenait là et me glissai à côté de lui derrière le battant ouvert de la porte. Je restai là toute une heure en me composant sans doute une expression rusée. Je me trouvais bien là et résolus d'y venir plus souvent. Au cours de la deuxième heure, je commençai toutefois à trouver absurde de rester là à attendre l'homme en prière. Et pourtant, je laissai encore passer une troisième heure, à regarder non sans irritation les araignées grimper sur mes vêtements, tandis que les derniers fidèles, en respirant bruyamment, quittaient la pénombre de l'église.

Il arriva enfin. Il marchait avec précaution et ses pieds exploraient légèrement le sol avant de s'y poser.

Je me levai, je fis un grand pas droit vers lui et l'agrippai au collet. « Bonsoir », lui dis-je et, en le tenant toujours par le collet, je le poussai en bas des marches jusque sur la place éclairée.

Lorsque nous fûmes en bas, il me dit d'une voix mal assurée : « Bonsoir, mon cher monsieur, mon bon monsieur, n'en veuillez pas à votre humble serviteur.

— Oui, dis-je, je veux vous poser quelques questions, monsieur. Vous m'avez échappé la dernière fois, mais ce ne sera pas le cas aujourd'hui.

— Vous n'êtes pas sans pitié, monsieur, et vous allez me laisser rentrer chez moi. Je suis bien à plaindre, en vérité.

— Non, criai-je dans le bruit d'un tramway qui passait, je ne vous lâcherai pas. J'adore ce genre d'histoires. Vous êtes une bonne prise et je m'en félicite.

— Mon Dieu, dit-il, vous avez le cœur vif et la tête tout d'une pièce. Vous dites que je suis une bonne prise, comme vous devez être heureux ! Car mon malheur est de nature instable ; il ne repose que sur une fine pointe ; si on le touche, il retombe sur l'interrogateur. Bonne nuit, monsieur.

— Bon, dis-je en le tenant par la main droite, si vous ne voulez pas me répondre, je vais me mettre à crier dans la rue. Et toutes les midinettes, qui sortent des boutiques à cette heure-ci, et tous leurs amoureux, qui se réjouissent de les revoir, vont se précipiter, car ils vont croire qu'un cheval de fiacre est tombé ou qu'il s'est produit quelque incident du même genre. Alors, je vous montrerai à tout le monde. »

Il se mit alors à me baiser alternativement les deux mains, tout en pleurant. « Je vous dirai ce que vous voulez savoir ; mais, je vous prie, engageons-nous plutôt dans cette ruelle. » J'acquiesçai et nous partîmes.

Mais il ne se contenta pas de l'obscurité de la ruelle où quelques réverbères jaunâtres étaient plantés à distance les uns des autres ; il me conduisit dans le couloir bas d'une vieille maison, sous une petite lampe suintante accrochée au pied d'un escalier de bois.

Il prit alors gravement son mouchoir, qu'il étendit sur une marche. « Asseyez-vous donc, cher monsieur, me dit-il, vous serez mieux pour m'interroger ; moi, je resterai debout, je serai mieux pour vous répondre. Mais ne me torturez pas ! »

Je m'assis donc et lui dis, en faisant de petits yeux et en levant la tête vers lui : « Vous êtes un fou achevé, voilà ce que vous êtes ! Quelle façon vous avez de vous conduire à l'église ! C'est vraiment ridicule, et odieux pour les spectateurs ! Et comment voulez-vous que l'on prie, quand vous nous infligez un tel spectacle ? »

Il avait plaqué son corps contre le mur, seule sa tête se mouvait librement : « Ne vous mettez pas en colère — pourquoi vous irriter de choses qui ne vous concernent pas ? Je m'irrite quand je me suis conduit avec maladresse ; mais si quelqu'un d'autre se conduit mal, cela m'amuse plutôt. Ne vous mettez donc pas en colère, si je vous dis que je prie uniquement pour que les gens me regardent.

— Que venez-vous de dire ? » m'écriai-je d'une voix beaucoup trop forte, vu la faible hauteur du couloir, mais j'hésitai ensuite à baisser le ton, « en vérité, que venez-vous de dire ? Oui, je devine ; oui, j'avais bien deviné dès que je vous ai vu, dans quel état vous êtes. J'ai de l'expérience et je ne plaisante pas du tout en vous disant qu'il s'agit d'un mal de mer sur la terre ferme. Il consiste en ceci que vous avez oublié le vrai nom des choses et que vous les recouvrez, par pure précipitation, de noms pris au hasard. Vite, vite, pensez-vous ! Mais à peine vous êtes-vous éloigné des choses qu'à nouveau vous avez oublié leur nom. Le peuplier des champs, que vous avez nommé " Tour de Babel ", parce que vous ne saviez plus ou ne vouliez plus savoir que c'était un peuplier, se balance à nouveau sans nom et il vous faut l'appeler " Noé, du temps qu'il était ivre ". »

Je restai un peu interdit, quand il me répondit : « Je suis content de n'avoir pas compris ce que vous venez de dire. »

Agacé, je lui dis vivement : « Le fait que vous soyez content prouve que vous avez compris.

— Bien sûr, je ne le cache pas, mon bon monsieur, mais vous aussi avez parlé de manière bien étrange. »

J'appuyai mes mains sur une des marches supérieures, je me rejetai en arrière et, dans cette position à peu près inexpugnable, qui est le dernier recours des lutteurs : « Vous avez, lui dis-je, une façon bien plaisante de vous défendre, en prêtant à autrui la situation dans laquelle vous vous trouvez. »

Là-dessus, il reprit courage. Il joignit les mains pour donner à son corps plus d'unité, et, après avoir vaincu une légère hésitation : « Non, je n'agis pas ainsi avec tout le monde ; même pas avec vous, par exemple, parce que je ne peux pas. Mais je serais heureux de pouvoir le faire, parce que alors je pourrais me dispenser de l'attention des gens à l'église. Savez-vous pourquoi j'en ai besoin ? »

Cette question me prit au dépourvu. Non, je ne le savais pas et je crois bien que je n'avais pas envie de le savoir. Je me dis alors que j'étais loin d'être ici de mon plein gré ; c'était lui qui m'avait contraint à l'écouter. Je n'avais donc qu'à hocher la tête pour lui montrer que je ne le savais pas, mais je ne parvins pas à faire le moindre mouvement de tête.

L'homme qui était en face de moi souriait. Puis il s'accroupit sur les genoux et me dit avec une grimace qui ressemblait à un bâillement : « Je n'ai jamais connu d'époque où j'aie pu, par mes propres moyens, prendre conscience de mon existence. Je me fais des objets qui sont autour de moi une représentation si fragile, que je pense toujours que les choses ont peut-être existé autrefois, mais que maintenant elles s'évanouissent. Je suis toujours torturé, mon cher monsieur, par l'envie de voir les choses telles qu'elles peuvent être avant de se montrer à moi. Qu'elles doivent être belles et paisibles ! Il faut bien qu'il en soit ainsi, car j'entends souvent les gens parler d'elles de cette manière. »

Comme je restais silencieux et que seul un tressaillement involontaire sur mon visage révélait mon malaise, il me demanda : « Vous ne croyez pas que les gens parlent ainsi ? »

Je crus devoir faire un signe affirmatif, mais je n'y parvins pas.

« Vraiment ? vous ne le croyez pas ? Eh bien ! écoutez donc ! Un jour, quand j'étais enfant et que j'ouvrais les yeux après une courte sieste, l'après-midi, encore tout ensommeillé, j'entendis ma mère qui, du haut de son balcon, demandait d'un ton tout naturel : " Que faites-vous là, ma chère ? Il fait si chaud. " Du jardin, une femme lui répondit : " Je goûte au grand air. " Elles disaient cela sans y penser et de manière peu distincte, comme si elles eussent proféré des évidences. »

Me croyant interrogé, je portai la main à la poche-revolver de mon pantalon, comme si j'y cherchais quelque chose. En fait, je ne cherchais rien, je voulais seulement changer de position pour manifester l'intérêt que je portais à la conversation ; je déclarai que je trouvais cet incident fort curieux et que je ne le comprenais pas. J'ajoutai que je ne croyais pas à son authenticité et que je supposais qu'on avait dû l'imaginer dans une intention qui, d'ailleurs, m'échappait. Puis je fermai les yeux, car la lumière me faisait souffrir.

« Oh ! je suis heureux que vous soyez de mon avis, et vous avez été bien désintéressé de me retenir pour me dire cela.

« N'est-ce pas, pourquoi aurais-je honte, ou pourquoi aurions-nous honte de ne pas marcher droit et d'un pas ferme, de ne pas frapper le pavé de la canne et de ne pas frôler les vêtements des gens qui passent à côté de nous en parlant à voix haute ? N'aurais-je pas plutôt le droit de me plaindre hardiment de longer les maisons comme une ombre, avec mes épaules pointues, pour disparaître parfois dans les vitrines ?

« Quelles journées je passe ! Pourquoi tout est-il si
mal construit que quelquefois de hautes maisons
s'effondrent, sans qu'on puisse en trouver la raison ?
Je grimpe alors dans les décombres et j'interroge tous
les gens que je rencontre : " Comment cela a-t-il pu
arriver ? Dans notre ville. — Une maison toute neuve.
— C'est déjà la cinquième. — Pensez donc ! " Mais
personne ne peut me répondre.

« Souvent des gens tombent dans la rue et meurent
sur-le-champ. Aussitôt, tous les commerçants ouvrent
leurs portes encombrées de marchandises et accourent
prestement. On transporte le corps dans une maison ;
ils reviennent, le sourire aux lèvres et les yeux hors de
la tête et ils disent : " Bonjour, le ciel est pâle — les
foulards se vendent bien — ah ! oui, la guerre. " Je
bondis dans la maison, j'esquisse timidement, le doigt
levé, le geste de frapper à la petite fenêtre du
concierge ; je me décide enfin : " Mon brave homme,
lui dis-je aimablement, on a amené un mort chez
vous. Montrez-le-moi, je vous prie. " Et lorsqu'il
hoche la tête, comme s'il hésitait, je dis avec détermination : " Mon bon monsieur, j'appartiens à la police
secrète. Montrez-moi le mort immédiatement. — Un
mort, dit-il alors, presque offensé. Non, nous n'avons
pas de mort ici. C'est une maison comme il faut. " Je
salue et m'éloigne.

« Mais, si j'ai ensuite une grande place à traverser,
j'oublie tout. La difficulté de l'entreprise me trouble et
je pense souvent à part moi : " Si on a l'arrogance
d'édifier des places aussi vastes, pourquoi ne pas
construire aussi une balustrade de pierre, qui permette de la traverser ? " Le vent souffle aujourd'hui
du sud-ouest. Il y a comme une tempête sur la place.

La pointe du beffroi décrit de petits cercles. Pourquoi ne met-on pas un peu d'ordre dans tout ce tumulte ? Quel vacarme ! Toutes les vitres tremblent et les réverbères plient comme des bambous ! Le vent gonfle le manteau de la Vierge sur sa colonne et la tempête menace de le déchirer. Personne ne voit-il donc ce qui se passe ? Au lieu de marcher sur le pavé, messieurs et dames planent dans les airs. Quand le vent reprend son souffle, ils s'arrêtent, échangent quelques mots ; ils s'inclinent et s'en vont. Mais que le vent reprenne et ils sont incapables de résister : tous lèvent les pieds en même temps. Ils sont obligés de tenir leurs chapeaux ; pourtant, leurs yeux brillent joyeusement, comme s'il faisait beau temps. Moi seul, j'ai peur. »

Malmené comme j'étais, je lui dis : « L'histoire que vous avez racontée tout à l'heure à propos de votre mère et de la femme dans le jardin, je ne la trouve pas curieuse du tout. Non seulement j'ai entendu et vécu une quantité d'histoires semblables, mais j'ai même souvent été appelé à y jouer un rôle. Tout cela est fort naturel. Ne croyez-vous pas que, si je m'étais trouvé sur ce balcon, j'aurais pu dire la même chose ou répondre comme la femme du jardin ? C'est un si simple incident. »

Lorsque j'eus dit ces mots, il parut très heureux. Il me dit que j'étais bien habillé et que ma cravate lui plaisait beaucoup. Et que j'avais la peau fine. Et que les aveux ne devenaient évidents que quand on les rétractait.

CONVERSATION
AVEC L'HOMME IVRE

Mais, quand j'eus franchi à petits pas le seuil de la maison, je fus assailli par l'immense voûte du ciel avec la lune et les étoiles, ainsi que par la Grand-Place avec l'Hôtel de Ville, la colonne de la Vierge et l'église.

Je sortis tranquillement de l'ombre et entrai sous le clair de lune, je déboutonnai mon paletot et me réchauffai ; puis, en levant les mains, je fis taire les murmures de la nuit et me mis à réfléchir :

« Pourquoi donc faites-vous comme si vous existiez ? Voulez-vous me faire croire que c'est moi qui suis irréel, ridiculement dressé sur le pavé verdoyant ? Il y a pourtant bien longtemps que tu n'es plus réel, ô ciel ; et quant à toi, Grand-Place, tu n'as jamais existé.

« Vous me dominez, c'est vrai ; mais aussi longtemps seulement que je vous laisse en paix.

« Dieu merci, lune, tu as cessé d'être lune, et c'est peut-être par inadvertance, ô toi qu'on nommait lune, que je continue à t'appeler lune. Pourquoi perds-tu de ton arrogance, dès que je te nomme " vieille lanterne de papier à la couleur bizarre " ? Et pourquoi te caches-tu presque, quand je t'appelle " Colonne de la Vierge " ? Et toi, colonne de la Vierge, je ne retrouve

plus tes allures menaçantes, dès que je t'appelle
" Lune à la lumière jaune ".

« C'est à croire vraiment qu'on ne vous rend pas
service, quand on se met à réfléchir sur votre compte ;
vous y perdez votre courage et votre santé.

« Dieu, combien le penseur aurait intérêt à se
mettre à l'école de l'ivrogne ! »

Pourquoi soudain ce calme ? Je crois qu'il n'y a
plus de vent. Et les petites maisons qui roulent
souvent à travers la place comme sur des roulettes,
semblent fichées dans la terre. Tout est calme, calme :
on ne distingue même plus le mince trait noir qui
d'ordinaire les sépare du sol.

Et je me mis à courir. Je fis trois fois le tour de la
Grand-Place sans rencontrer d'obstacle, et comme je
ne trouvai aucun homme ivre sur ma route, je me
dirigeai sans diminuer ma vitesse et sans sentir
l'effort, du côté de la rue Charles. Mon ombre, parfois
plus petite que moi, courait à côté de moi sur le mur,
comme dans un chemin creux entre la muraille et la
chaussée.

En passant devant la maison des pompiers, j'entendis du bruit du côté du petit boulevard et, en
tournant de ce côté-là, j'aperçus un ivrogne debout
contre la grille de la fontaine ; il tenait les bras
horizontaux et martelait le sol de ses sabots.

Je m'arrêtai d'abord pour reprendre haleine, puis
je me dirigeai vers lui, enlevai mon haut-de-forme et
me présentai à lui :

« Bonsoir, doux gentilhomme, j'ai vingt-trois ans
et pas encore de nom. Mais vous, vous avez sans nul
doute des noms étonnants autant que mélodieux ;
vous arrivez certainement de ce grand Paris. Le
parfum tout artificiel de la cour de France, où un faux
pas est si vite arrivé, vous environne.

« De vos yeux fardés, vous avez vu sans doute ces grandes dames dans leurs étroits corsets ; elles ont déjà atteint les lumineuses terrasses et jettent en arrière un regard ironique, tandis que leur traîne peinte s'épanouit sur l'escalier et frôle encore le sable du jardin. N'est-ce pas, vous avez vu, tout au long de grandes perches, grimper des laquais en culottes blanches, avec leurs habits gris à la coupe effrontée, les jambes serrées contre la perche, le haut du corps souvent rejeté en arrière ou courbé de côté, car il leur faut soulever des énormes toiles grises du sol et les déployer dans les airs au moyen de gros cordages, parce que la grande dame a voulu, ce jour-là, une matinée brumeuse ? »

Il eut un hoquet et je repris, un peu effrayé : « Vraiment, messire, il est donc vrai que vous arrivez de notre Paris, de ce Paris chargé d'orages, de ce Paris hélas ! si capricieux ? » De nouveau, il eut un hoquet ; je répondis, un peu gêné : « Je sais, tout l'honneur est pour moi. »

Tout en boutonnant mon pardessus d'un doigt rapide, je parlais avec une ferveur teintée de timidité :

« Je sais bien que vous me jugez indigne d'une réponse, mais ce serait me condamner à toute une vie de larmes que de ne pas vous questionner aujourd'hui.

« Je vous prie, seigneur aux beaux atours, est-il vrai, comme on m'a raconté, qu'il y ait à Paris des gens qui ne sont que vêtements chamarrés et des maisons qui ne sont que portails ? et est-il vrai que, les jours d'été, le ciel au-dessus de la ville est d'un bleu presque effacé, rehaussé seulement par de petits nuages drus, qui ont tous la forme de cœurs ? Et existe-t-il là-bas un diorama où les gens viennent en foule, où l'on ne trouve que des arbres portant sur des tablettes les noms des héros, des criminels et des amants les plus célèbres ?

« Et cette information encore, cette information assurément mensongère !

« N'est-ce pas, les rues de Paris sont pleines de bifurcations soudaines ? n'est-ce pas, elles sont turbulentes ? L'ordre n'y règne pas toujours : comment serait-ce possible ? Qu'un accident se produise : les gens affluent, sortant des rues latérales, avec ce pas qu'on a à la grande ville et qui semble à peine effleurer le pavé ; tous sont animés par la curiosité, mais aussi par la crainte de se trouver déçus ; ils sont haletants et tendent leurs petites têtes. Mais s'il arrive qu'ils se frôlent, ils s'inclinent très bas et se demandent pardon : " Je suis désolé — je ne l'ai pas fait exprès — la presse était grande, excusez-moi, je vous prie — j'ai été maladroit, je l'accorde. Mon nom est — mon nom est Jérôme Faroche, je suis épicier rue de Cabotin — permettez-moi de vous inviter demain à déjeuner — ma femme aussi sera si heureuse. " C'est ainsi qu'ils parlent, tandis que la rue est encore pleine de bruit et que la fumée des cheminées se déverse sur les maisons. C'est bien ainsi. Et serait-il possible qu'une fois, sur un boulevard animé d'un quartier élégant, deux voitures se soient arrêtées ? Des laquais ouvrent gravement les portières. Huit beaux chiens-loups de Sibérie en descendent en caracolant et bondissent en jappant sur la chaussée. Et voilà qu'on raconte qu'il s'agirait de jeunes Parisiens, des dandys en travesti. »

Il avait les yeux presque clos. Quand je cessai de parler, il se mit les deux mains dans la bouche en abaissant sa mâchoire inférieure. Peut-être l'avait-on mis à la porte de quelque cabaret et ne savait-il pas bien encore lui-même ce qui lui était arrivé.

Nous étions sans doute dans ce bref instant de

paix qui sépare le jour et la nuit, où, sans que nous l'ayons attendu, la tête retombe entre les épaules et où toutes choses autour de nous, sans que nous y prenions garde, s'arrêtent tout à coup, puis disparaissent, parce que nous avons cessé de les contempler. Nous restons là seuls, le corps ployé en deux, nous regardons autour de nous, mais nous ne voyons plus rien, nous ne sentons plus la résistance de l'air ; mais, au-dedans de nous-mêmes, nous nous accrochons au souvenir qu'à quelque distance, des maisons se dressent avec des toits et par bonheur aussi des cheminées anguleuses, par lesquelles l'obscurité, à travers les mansardes, pénètre dans les maisons, jusque dans toutes les pièces. Et c'est une chance qu'il refasse jour demain ; et, si peu croyable que cela nous paraisse, nous pourrons tout revoir à nouveau.

L'ivrogne releva soudain ses sourcils, et une lueur apparut entre eux et ses paupières. Il déclara, d'une voix hachée : « Voilà — c'est que voilà : j'ai sommeil et je vais aller dormir — j'ai un beau-frère sur la place Wenceslas — c'est là que je vais, parce que c'est là que j'habite, parce que c'est là que j'ai mon lit — alors, je vais m'en aller. — J'ai seulement oublié comment il s'appelle et où il habite — je crois bien que je l'ai oublié — mais ça ne fait rien, parce que je ne suis pas bien sûr d'avoir un beau-frère. — Mais maintenant, je m'en vais. — Croyez-vous que je vais le trouver ? »

Je répondis sans hésiter : « Certainement. Mais vous venez de l'étranger et voilà que vos laquais sont par hasard absents. Souffrez que je vous conduise. »

Il ne répondit pas. Je lui tendis mon bras, pour qu'il y prenne appui.

REGARD

ENFANTS SUR LA GRAND-ROUTE

J'entendais les voitures passer devant la grille du
jardin et, par moments, je les apercevais à travers les
interstices du feuillage doucement balancé. Comme le
bois des essieux et des brancards craquait en cet été
brûlant ! Des ouvriers revenaient des champs, en riant
sans vergogne.

Assis sur notre petite balançoire, j'étais là, à me
reposer entre les arbres, dans le jardin de mes parents.

Devant la grille, le bruit n'arrêtait pas. Des enfants
qui couraient venaient tout juste de passer ; des chars
de blé, avec des hommes et des femmes étendus sur les
gerbes, plongeaient un instant dans l'ombre les mas-
sifs de fleurs à l'entour ; vers le soir, je voyais un
monsieur avec une canne qui se promenait à pas lents,
et quelques jeunes filles, marchant bras dessus bras
dessous à sa rencontre, le saluaient et s'écartaient vers
l'herbe du chemin.

Puis un vol d'oiseaux jaillissait vers le ciel ; je les
suivais du regard, je les voyais monter comme d'un
seul trait, jusqu'à ce que j'eusse l'impression qu'ils
avaient cessé de monter et que c'était moi qui

tombais. Alors, je défaillais un peu et, en me tenant
aux cordes, je me balançais légèrement. Bientôt,
quand l'air se mettait à fraîchir et qu'au lieu du vol
des oiseaux apparaissaient de tremblantes étoiles, je
me balançais un peu plus fort.

On me servait le souper à la chandelle. Souvent, je
posais les coudes sur le plateau de bois et, déjà pris de
fatigue, je mordais dans ma tartine. Les rideaux
largement ouverts se gonflaient sous la brise tiède ;
parfois quelqu'un qui passait dehors les retenait de la
main, quand il voulait mieux me voir ou désirait me
parler. D'ordinaire, la bougie ne tardait pas à s'étein-
dre, et, dans la fumée sombre qui montait, les
moucherons se réunissaient et menaient un moment
leur ronde. Si on m'adressait la parole depuis la
fenêtre, je regardais celui qui me parlait, comme si
mes regards se perdaient dans la montagne ou dans
les airs ; et lui non plus ne semblait pas attacher
grande importance à ma réponse.

Mais si l'un enjambait la fenêtre et m'annonçait
que les autres étaient déjà arrivés devant la maison, je
me levais alors, non certes sans soupirer un peu.

« Non, mais pourquoi soupires-tu ? Qu'est-il donc
arrivé ? S'agit-il d'un malheur particulier, d'un malheur irréparable ? Ne pourrons-nous jamais nous en
remettre ? Tout est-il donc perdu ? »

Rien n'était perdu. Nous courions devant la maison. « Dieu merci, vous voilà enfin ! — Toujours le
même à être en retard ! — Comment, moi ? — Mais
oui, toi ! Reste donc chez toi, si tu ne veux pas venir —
Pas de merci ! — Comment, pas de merci ? que veux-
tu dire par là ? »

Tête baissée, nous entrions dans le soir. Le jour, la
nuit n'existaient plus. Tantôt les boutons de nos gilets
s'entrechoquaient comme des dents ; tantôt nous

courions en gardant nos distances, la bouche en feu, comme des bêtes des tropiques. Tels des cuirassiers dans les guerres d'autrefois, en frappant le sol de nos pieds et bondissant en l'air, nous dévalions la petite ruelle en nous poussant les uns les autres et, avec cet élan, nous remontions la grand-route. Quelques-uns sautaient dans le fossé, mais, à peine disparus dans l'obscurité du talus, on les revoyait en haut, sur le chemin des champs, à nous toiser comme des étrangers.

« Descendez donc ! — Montez d'abord ! — Pour que vous nous jetiez par terre ! pas si bêtes ! — Si lâches, voulez-vous dire ! Venez un peu ! — Quoi donc ? Vous ? Vous voulez nous faire tomber ? Pour qui nous prenez-vous ? »

Nous partions à l'assaut ; on nous abreuvait d'injures, et nous nous couchions dans l'herbe du fossé, moitié de force, moitié consentants. Partout la même température régnait ; on ne sentait dans l'herbe ni la chaleur ni le froid, seulement la fatigue.

Tourné sur le côté droit, la main sous la joue, on se serait volontiers endormi. On se redressait, il est vrai, en relevant le menton, mais pour retomber ensuite dans un fossé plus profond. Puis on voulait encore, le bras tendu en oblique, les jambes à demi ployées, marcher contre le vent, et l'on retombait vite dans un fossé plus profond encore. Et cela n'avait pas de cesse.

Comment se coucher dans le dernier fossé, les genoux bien étendus, afin d'y dormir pour de bon, nous y songions à peine, et nous étions là, couchés sur le dos, comme malades et tout près des larmes. On cillait des yeux, quand, à l'improviste, un garçon, les coudes sur les hanches, bondissait du talus sur la route, en passant au-dessus de nous avec ses semelles noires.

La lune était déjà haute, la voiture de la poste venait de passer avec ses lumières. Une brise légère s'élevait, qu'on percevait jusqu'au fond du fossé. Non loin, la forêt se mettait à murmurer. Du coup, personne ne tenait plus à rester seul.

« Où êtes-vous ? — Venez ! — Tous ensemble ! — Qu'as-tu à te cacher ? Assez de sottises ! — Vous ne savez pas que la poste est déjà passée ? — Pas possible ? déjà ? — Bien sûr, pendant que tu dormais. — J'ai dormi ? Allons donc ! — Tais-toi, il suffit de te regarder. — Je t'en prie ! — Venez ! »

Nous courions, serrés plus que tout à l'heure les uns contre les autres ; certains se donnaient la main ; on ne pouvait assez rejeter la tête en arrière, tant la pente était forte. L'un de nous poussait un cri de Sioux ; un galop, tel que nous n'en avions jamais connu, s'emparait de nos jambes et, lorsque nous sautions, le vent nous soulevait par la taille. Rien n'aurait pu nous arrêter ; notre élan était tel que, même quand nous nous dépassions, nous pouvions croiser les bras et regarder tranquillement autour de nous.

Nous nous arrêtions au pont du torrent ; ceux qui avaient couru trop loin revenaient sur leurs pas. En bas, l'eau battait contre les cailloux et les racines, comme si le soir n'était pas déjà si avancé. Il n'y avait aucune raison pour que l'un de nous ne monte pas sur le parapet du pont.

Au loin, un train surgissait derrière des taillis, les compartiments étaient tous éclairés et les vitres certainement baissées. L'un de nous entonnait une chanson des rues, mais nous tous avions envie de chanter ; nous chantions plus vite que ne passait le train et nous balancions nos bras, parce que la voix ne nous suffisait pas ; nos voix se bousculaient et nous nous sentions bien. Quand on mêle sa voix à d'autres voix, on est comme pris à l'hameçon.

C'est ainsi que nous chantions, le dos tourné vers la forêt et notre chant montait vers les voyageurs qui passaient au loin. Les grandes personnes veillaient encore au village, nos mères préparaient les lits pour la nuit.

UN FILOU DÉMASQUÉ

Enfin, vers dix heures du soir, j'arrivai, en compagnie de cet homme que je ne connaissais que vaguement pour l'avoir rencontré autrefois ; il s'était à l'improviste à nouveau joint à moi ce soir-là et m'avait traîné par les rues deux heures durant jusque devant la maison cossue, où j'étais invité à une réception.

« Et voilà ! » dis-je en frappant mes mains l'une dans l'autre, pour lui signifier que l'heure inéluctable des adieux était venue. J'avais déjà auparavant fait quelques tentatives moins précises. J'étais épuisé.

« Montez-vous tout de suite ? » me demanda-t-il. J'entendis un bruit dans sa bouche, comme de dents qui claquent l'une contre l'autre.

« Oui. »

J'étais invité, je le lui avais dit tout de suite. Mais invité à monter (comme j'aurais déjà voulu le faire depuis longtemps) et non pas à rester ainsi devant la porte, à regarder par-dessus les oreilles de mon compagnon. Et maintenant, de surcroît, à rester muet à ses côtés, comme si nous étions décidés à demeurer un bon moment en cet endroit. Et toutes les maisons à l'entour semblaient participer à ce silence, ainsi que les ténèbres au-dessus d'elles, jusqu'aux étoiles. Et les pas de promeneurs invisibles, dont on se souciait peu de deviner la direction, le vent, qui ne cessait de s'engouffrer de l'autre côté de la rue, un phonographe qui grinçait près des fenêtres closes d'une chambre inconnue, tout résonnait dans ce silence, comme s'il eût été de tout temps leur propriété et qu'il dût en être ainsi pour toujours.

Et mon compagnon se soumit, d'abord en son nom, puis, après un sourire, en mon nom également. Il leva le bras droit le long du mur et appuya son visage contre lui, en fermant les yeux.

Mais je ne vis pas la fin de ce sourire, car, de honte, je m'étais brusquement détourné. À ce sourire, j'avais enfin compris que j'avais affaire à un de ces filous qui s'en vont la nuit, par les rues écartées, la main tendue, viennent à votre rencontre comme des hôtes accueillants, se dissimulent derrière les colonnes de publicité où vous êtes arrêtés, comme s'ils jouaient à cache-cache avec vous, et derrière l'arrondi de la colonne, vous espionnent en fermant un œil ; qui, brusquement, aux croisements de routes où vous restez perplexes, surgissent devant vous sur le rebord du trottoir. Je les comprenais si bien : ils avaient été, dans les petites auberges, mes premières relations à la ville et c'est en eux que j'avais eu pour la première fois le spectacle de cette obstination, qui était maintenant devenue à mes yeux si nécessaire ici-bas que je commençais à l'éprouver à l'intérieur de moi-même. Comme ils se tenaient devant vous, même lorsqu'on leur avait depuis longtemps brûlé la politesse et qu'il n'y avait donc pour eux plus rien à empocher. Ils ne s'asseyaient pas, ils ne se couchaient pas par terre ; ils se contentaient de vous regarder, de ces regards qui, même de loin, continuaient à sembler convaincants.

Et leurs procédés étaient toujours les mêmes : ils se plantaient devant vous, aussi fermement qu'ils le pouvaient, ils cherchaient à vous détourner du but que vous poursuiviez et vous offraient en échange une demeure dans leur propre cœur. Et si tout votre sentiment se révoltait enfin contre eux, ils pensaient que vous leur tendiez les bras et se jetaient sur vous, la tête la première.

Et je venais seulement, après les avoir si longtemps fréquentés, de reconnaître ces vieux stratagèmes. Je me frottai vivement le bout des doigts, comme pour effacer cette honte.

Notre homme cependant était toujours là, appuyé au mur ; il se prenait toujours pour un rusé filou et la satisfaction qu'il éprouvait de sa destinée colorait de rouge celle de ses deux joues qui n'était pas du côté du mur.

« Démasqué ! » lui dis-je en lui tapant légèrement sur l'épaule. Puis je montai rapidement l'escalier et là-haut les visages si inexplicablement dévoués des domestiques me réjouirent comme une agréable surprise. Je les dévisageai à tour de rôle, tandis qu'on me débarrassait de mon manteau et qu'on époussetait mes bottes. Avec un soupir de soulagement et en me redressant de toute ma hauteur, je fis mon entrée dans la salle.

LA PROMENADE INOPINÉE

Quand, le soir, on paraît avoir définitivement résolu de rester chez soi, qu'on a enfilé sa robe de chambre, qu'après le dîner, on s'est assis à la table éclairée pour

se livrer à tel travail ou à tel jeu, après lequel on va
d'ordinaire se coucher ; quand il fait dehors un temps
maussade, qui semble inviter à demeurer chez soi ;
quand on est resté si longtemps qu'on ne peut plus
sortir sans provoquer l'étonnement général, quand la
cage d'escalier est déjà plongée dans l'obscurité et le
verrou déjà mis à la porte d'entrée ; et quand, alors,
malgré tout, on se lève dans un brusque sentiment de
malaise, qu'on change de veston, qu'on reparaît
immédiatement en tenue de ville, qu'on déclare être
obligé de sortir et qu'après avoir pris brièvement
congé, on s'en va, en effet, et qu'on imagine avoir
laissé plus ou moins d'irritation derrière soi, selon la
rapidité avec laquelle on a fermé la porte ; quand on se
retrouve alors dans la rue avec des membres qui
répondent à la liberté inespérée qu'on vient de leur
procurer par une mobilité inhabituelle ; quand on
sent rassemblé dans cette seule décision tout le
pouvoir de décision dont on était capable ; quand on
reconnaît, en accordant à cette constatation plus
d'importance qu'à l'ordinaire, que l'on a en soi le
pouvoir, plus encore que le besoin, de provoquer et de
supporter le changement le plus soudain, et qu'on
court tout au long des rues — alors, on est, ce soir-là,
tout à fait sorti de sa famille, laquelle s'abîme dans le
néant, tandis que, sûr de soi, avec des contours bien
dessinés dans la nuit, en se frappant de grands coups
sur les cuisses, on accède à sa forme véritable. Cette
impression s'accroît encore quand, à cette heure
tardive, on rend visite à un ami pour prendre de ses
nouvelles.

RÉSOLUTIONS

Il ne doit pas être bien difficile de s'arracher à un état de marasme, même s'il faut y appliquer toute son énergie. Je me lève vivement de mon fauteuil, je fais le tour de ma table, je fais agir ma tête et mon cou, je mets de la flamme dans mon regard, je tends les muscles de mon visage. Je vais systématiquement à l'encontre de mon sentiment, je salue A. avec fougue quand il s'apprête à me rendre visite ; je tolère aimablement la présence de B. dans ma chambre ; je savoure à longs traits, en dépit de ma souffrance et de mon ennui, tout ce que C. va me raconter.

Mais, même si je procède ainsi, il suffira d'une erreur (qui ne saurait manquer) pour bloquer le tout, les choses faciles comme les choses difficiles, et je vais me mettre à tourner en rond.

C'est pourquoi il est de meilleur conseil de tout accepter, de se comporter comme une masse inerte, même si l'on se sent comme emporté par le vent, de ne se laisser entraîner à aucun pas inutile, de regarder les autres avec un regard vide d'animal, de n'éprouver aucun remords, bref, d'écraser de ses propres mains le dernier fantôme de vie qui subsiste encore, autrement dit d'ajouter encore au silence de la tombe et de ne rien laisser exister en dehors de lui.

Un geste caractéristique des états de ce genre consiste à se passer le petit doigt sur les sourcils.

L'EXCURSION EN MONTAGNE

« Je ne sais, m'écriai-je d'une voix blanche, vraiment je ne sais pas. Si personne ne vient, eh bien, personne ne vient. Je n'ai fait de mal à personne, personne ne m'a fait de mal, mais personne ne veut m'aider, absolument personne. Non, ce n'est pas cela. C'est seulement que personne ne me vient en aide — sinon, ce serait fort bien, la présence d'absolument personne. J'aimerais bien faire — pourquoi pas ? — une excursion en compagnie d'absolument personne. En montagne, bien sûr, sinon où ? Personne, et quelle cohue ! que de bras tendus ou enlacés, que de pieds séparés à peine par quelques pas. Comme de bien entendu, ils sont tous en habit. Nous avançons dare-dare, le vent se faufile par l'intervalle entre nos corps et nos bras. En montagne, les poumons se dilatent. C'est miracle que nous ne chantions pas. »

LE MALHEUR DU CÉLIBATAIRE

Il semble que ce soit affreux d'être célibataire, et, vieillard gardant à grand-peine sa dignité, de demander accueil aux autres, quand on veut passer une soirée en compagnie ; d'être malade et, du coin de son lit, de considérer la chambre vide pendant des semaines ; de toujours prendre congé à la porte des maisons, de ne jamais grimper l'escalier au côté de sa femme ; de n'avoir dans sa chambre que des portes de communication s'ouvrant sur les appartements des autres; de rentrer chez soi en portant son repas du soir à la main; d'être obligé d'admirer les enfants des autres, sans avoir le droit de répéter sans cesse: je n'en ai pas; de se composer une apparence et un maintien calqués sur un ou deux célibataires, surgis de nos souvenirs de jeunesse.

Voilà comme il en sera, à cela près qu'on en est là en réalité aujourd'hui et qu'on y sera plus tard, avec un corps réel et une tête réelle, par conséquent aussi avec un front pour cogner dessus avec la main.

LE COMMERÇANT

Il est possible que quelques personnes aient pitié de moi, mais je n'en vois pas les effets. Mon petit négoce me remplit de soucis, qui pressent douloureusement sur mon front et sur mes tempes, sans cependant me faire espérer des satisfactions dans l'avenir, car ce n'est qu'un petit magasin.

Il me faut arrêter mes dispositions des heures à l'avance, tenir en éveil la mémoire de mon employé, le mettre en garde contre des erreurs que je prévois et, d'une saison à l'autre, calculer les modes nouvelles, non point telles qu'elles auront cours parmi les gens de mon milieu, mais telles qu'elles régneront dans d'inaccessibles campagnes.

Mon argent est entre les mains d'étrangers; je ne puis connaître au juste leur situation; je ne puis deviner quels malheurs risquent de les frapper; comment pourrais-je m'en prémunir? Peut-être ont-ils pris le goût de la dépense et donnent-ils une fête dans les jardins de quelque auberge, et d'autres s'attardent-ils un moment à cette fête avant de poursuivre leur fuite vers l'Amérique.

Lorsque je ferme boutique, un soir de semaine, et que je vois soudain devant moi de longues heures pendant lesquelles je ne pourrai rien faire pour répondre aux incessantes exigences de mon commerce, alors toute l'inquiétude que j'avais chassée le matin reflue sur moi comme le retour de la marée ; mais elle n'y reste pas en place et m'entraîne avec elle au hasard.

Et pourtant, je ne puis tirer parti de cette humeur ; je ne puis que retourner chez moi, car mon visage et mes mains sont sales et en sueur, mes habits tachés et poussiéreux ; j'ai sur la tête la coiffure que je porte au magasin et mes bottes sont éraflées par les clous des emballages. Je marche alors comme porté par la houle, je fais claquer mes doigts et je passe la main dans les cheveux des enfants que je croise sur ma route.

Mais le chemin n'est pas long. Déjà me voici chez moi, j'ouvre la porte de l'ascenseur et j'entre.

Maintenant, je suis seul et je m'en aperçois soudain. Les autres gens, qui sont obligés de monter par l'escalier, ont le temps de se fatiguer un peu, ils doivent attendre, le souffle un peu haletant, qu'on vienne ouvrir la porte de leur appartement, ce qui leur donne quelque raison d'irritation ou d'impatience ; ils pénètrent ensuite dans leur antichambre, y suspendent leur chapeau et c'est seulement après avoir traversé leur couloir et passé devant plusieurs portes vitrées qu'ils entrent dans leur chambre et se retrouvent seuls.

Mais moi, je suis seul tout de suite, dès que je suis monté dans l'ascenseur ; en pliant les genoux, je me regarde dans le petit miroir. Aussitôt que l'ascenseur commence à s'élever, je m'écrie :

« Tenez-vous tranquilles, allez-vous-en où vous voulez : dans l'ombre des arbres, derrière les draperies des fenêtres, sous les arcades. »

Je parle entre mes dents et la rampe de l'escalier glisse le long des vitres dépolies comme l'eau d'une cascade.

« Envolez-vous. Que vos ailes, que je n'ai jamais vues, vous emportent au village, dans le creux du vallon, ou à Paris, si tel est votre caprice.

« Là-bas, admirez la vue qui s'offre à vous de la fenêtre, quand les processions débouchent de trois rues à la fois, s'enchevêtrent l'une dans l'autre et ne libèrent la place que quand la dernière rangée s'est écoulée. Agitez vos mouchoirs, soyez indignés, soyez émus, applaudissez la belle dame qui passe dans sa voiture.

« Passez le ruisseau sur la passerelle de bois, faites signe aux enfants qui se baignent et écoutez émerveillé les hourras que poussent mille matelots à la fois sur ce cuirassé que voilà dans le lointain.

« Traquez donc ce modeste passant et, quand vous l'aurez acculé sous un portail, dépouillez-le ; puis regardez-le, en mettant comme lui vos mains dans vos poches, passer tristement son chemin par la première rue de gauche.

« La police à cheval se déploie au galop, elle retient la fougue de ses bêtes et vous fait reculer. Laissez-la faire, elle est perdue si elle s'engage dans ces étroites ruelles, je le sais. Les voilà déjà, je vous l'avais bien dit, qui s'en vont deux par deux ; ils tournent lentement le coin de la rue, ils détalent à toute force sur la place. »

Maintenant, il me faut descendre, renvoyer l'ascenseur, sonner à ma porte. La bonne vient m'ouvrir, tandis que je lui dis bonsoir.

REGARDS DISTRAITS À LA FENÊTRE

Qu'allons-nous faire dans ces jours de printemps qui ne vont pas tarder à venir ? Ce matin, le ciel était gris, mais si l'on s'approche maintenant de la fenêtre, on est surpris et on presse la joue contre l'espagnolette.

En bas, on voit la lumière du soleil, déjà déclinant, il est vrai, sur le visage de cette jeune fille, encore presque une enfant, qui marche et qui tourne la tête, et, en même temps, on voit l'ombre de l'homme qui marche derrière elle, d'un pas plus rapide.

Maintenant, l'homme est passé et le visage de l'enfant est à nouveau tout lumineux.

EN RENTRANT CHEZ SOI

Quel pouvoir de conviction n'y a-t-il pas dans l'air, après l'orage ! Mes mérites m'apparaisssent et s'imposent à moi ; il est vrai que je ne cherche pas à leur résister.

Je marche d'un pas ferme et mon rythme est le rythme de tout ce côté de la rue, le rythme de la rue entière, le rythme de tout le quartier. Je suis à juste titre responsable de tous les coups frappés aux portes ou sur les tables, de tous les toasts que l'on porte, de

tous les couples d'amoureux réunis dans les lits, sous
les échafaudages des maisons en construction, pressés
au bord des murs dans les ruelles sombres, sur les
canapés des bordels. Je pèse mon passé et suppute
mon avenir, je les trouve excellents tous les deux, sans
pouvoir donner la préférence à l'un ou à l'autre ; je ne
peux incriminer que l'injustice de la Providence, qui
m'a favorisé de la sorte.

Ce n'est qu'en entrant dans ma chambre que je me
sens un peu pensif, alors que je n'avais rien trouvé, en
montant l'escalier, qui fût digne d'occuper mes pensées. Je ne trouve pas beaucoup de réconfort à ouvrir
grand la fenêtre et à écouter encore un peu de
musique au fond d'un jardin.

LA POURSUITE

Quand on marche la nuit dans la rue et qu'un
homme qu'on voit venir de loin — car la rue est en
pente et il fait pleine lune — court de notre côté, on ne
cherchera pas à l'empoigner, même s'il est faible et
déguenillé, même si quelqu'un court derrière lui en
criant ; nous le laisserons passer son chemin.

Car il fait nuit, et ce n'est pas notre faute si la rue
est en pente et s'il fait clair de lune ; et, d'ailleurs, qui
sait si ces deux-là n'ont pas organisé cette course pour
s'amuser, qui sait s'ils ne sont pas tous deux à la
poursuite d'un troisième, qui sait si le deuxième ne
s'apprête pas à commettre un crime, dont nous nous
ferions le complice, qui sait même s'ils se connaissent
— peut-être chacun court-il se coucher, sans s'occu-

per de l'autre —, qui sait s'il ne s'agit pas de
somnambules et si le premier n'est pas armé.

Et enfin, nous avons bien le droit d'être fatigués, car
nous avons bu ce soir pas mal de vin. C'est une chance
de ne même pas apercevoir le deuxième.

LE PASSAGER DU TRAMWAY

Je suis debout sur la plate-forme du tramway et je
suis dans une complète incertitude en ce qui concerne
ma position dans ce monde, dans cette ville, envers
ma famille. Je serais incapable de dire, même de la
façon la plus vague, quels droits je pourrais revendi-
quer à quelque propos que ce soit. Je ne puis
aucunement justifier de me trouver ici sur cette plate-
forme, la main passée dans cette poignée, entraîné par
ce tramway, ou que d'autres gens descendent de
voiture et s'attardent devant des étalages. Personne, il
est vrai, n'exige rien de tel de moi, mais peu importe.

La voiture s'approche d'une station, une jeune fille
s'avance vers le marchepied, prête à descendre. Je la
vois aussi nettement que si je l'avais touchée du doigt.
Elle est vêtue de noir, les plis de sa jupe sont presque
immobiles ; son corsage est ajusté, avec une collerette
de dentelle blanche à petites mailles ; la main gauche
est à plat contre la paroi de la voiture ; de la main
droite, elle appuie son parapluie sur la deuxième
marche. Son visage est hâlé ; son nez, légèrement
pincé, est large et rond du bout. Elle a une abondante
chevelure brune, un peu ébouriffée sur la tempe
droite. Elle a l'oreille petite et bien plaquée ; mais,
comme je suis tout près, j'aperçois de derrière tout le

pavillon de l'oreille droite, ainsi que l'ombre qu'il porte près de sa racine.

Je me suis demandé ce jour-là : d'où vient qu'elle ne s'étonne pas d'être comme elle est, qu'elle garde la bouche close et ne dise rien de tout cela ?

ROBES

Souvent, quand je vois des robes ornées de plis, de ruches et de franges de toutes sortes, bien tendues sur de jolis corps, je pense qu'elles ne resteront pas longtemps ainsi ; elles prendront des plis qu'on ne pourra plus lisser, la poussière se nichera au plus profond des ornements et on ne l'en retirera plus, et personne n'aura la tristesse et le ridicule d'enfiler chaque matin cette belle robe précieuse, pour ne la retirer que le soir. Et pourtant, il en existe de ces jeunes filles, de jolies filles pourtant aux muscles ravissants, aux fines chevilles, à la peau doucement tendue, avec des flots de cheveux vaporeux, qui enfilent journellement ce sempiternel déguisement, posent chaque jour le même visage dans le creux de la même main et le contemplent dans le même miroir. Parfois seulement, le soir, en rentrant tard de quelque fête, elles découvrent dans leur miroir un visage usé, bouffi, poussiéreux, un visage trop vu et à peine mettable.

L'AMOUREUX ÉCONDUIT

Quand je rencontre une jolie fille, que je lui dis :
« Sois gentille, viens avec moi » et qu'elle passe son
chemin, elle veut dire par là :

« Tu n'es pas un duc au nom prestigieux, tu n'es
pas un Américain à carrure de Peau-Rouge, aux yeux
horizontaux, à la peau massée par le vent des prairies
et par les fleuves qui les arrosent, tu n'es pas allé vers
les grands lacs qui se trouvent je ne sais où et tu n'as
pas vogué sur leurs eaux. Dis-moi donc, je te prie,
pourquoi une jolie fille comme moi devrait venir avec
toi.

— Tu oublies qu'aucune automobile ne te berce à
grandes envolées de par les rues ; je ne vois pas les
seigneurs de ta suite, serrés dans leurs habits, rangés
derrière toi en strict demi-cercle et marmonnant pour
toi leurs formules de bénédiction ; tes seins sont
enfermés comme il faut dans ton corset, mais tes
cuisses et ta croupe montrent moins de retenue, tu
portes une robe de taffetas plissé qui faisait notre
bonheur à tous l'automne dernier et pourtant —
malgré ce dangereux vêtement que tu portes sur toi —
il t'arrive de sourire.

— Oui, nous avons raison tous les deux et, pour ne
pas nous en administrer la preuve irréfutable, mieux
vaut, n'est-ce pas ? rentrer chez nous, chacun de son
côté. »

PROPOSÉ À LA RÉFLEXION
DES GENTLEMEN-RIDERS

Rien, quand on y réfléchit, ne peut inciter à vouloir
être le premier dans une course de chevaux.

La gloire d'être reconnu comme le premier cavalier
du pays donne, au moment où l'orchestre entonne sa
fanfare, bien trop de joie pour qu'on puisse éviter le
repentir dès le lendemain matin.

La jalousie des concurrents, gens perfides et non
sans influence, ne peut manquer de nous blesser dès
que nous franchissons à cheval l'étroit paddock ; après
ces vastes espaces, bientôt vides devant nous, à
l'exception de quelques cavaliers tassés sur leurs
montures, qu'on devinait minuscules au bord de
l'horizon.

De nombreux amis s'empressent d'aller chercher
leur gain, mais c'est à peine s'ils tournent la tête vers
nous, en nous criant hurrah ! depuis les lointains
guichets. Quant à nos meilleurs amis, ils n'ont pas
misé sur notre cheval : ils craignaient, si nous per-
dions, d'avoir à nous le reprocher ; mais, maintenant
que notre cheval est arrivé en tête et qu'ils n'ont rien
gagné, ils se détournent quand nous passons devant
eux et préfèrent regarder du côté des tribunes.

Derrière, les concurrents, bien en selle, tentent de
mesurer l'étendue de leur malheur et l'injustice dont
ils ont dû être victimes ; ils prennent l'air dégagé,
comme si une autre course allait commencer, enfin
une course sérieuse après ce jeu d'enfants. Beaucoup
de dames trouvent le vainqueur ridicule parce qu'il se
rengorge et ne sait que faire de ces sempiternelles

salutations, poignées de main, accolades et cour-
bettes, tandis que les vaincus serrent les lèvres et
tapotent l'encolure de leurs chevaux, dont la plupart
se sont mis à hennir.

Enfin, voici que le ciel s'est couvert de nuages et
qu'il se met à pleuvoir.

LA FENÊTRE SUR RUE

Quiconque vit abandonné et voudrait cependant,
çà ou là, lier quelque relation, quiconque, en face des
changements que lui imposent les heures, les saisons,
le métier ou toutes autres circonstances, veut trouver
un bras, un bras quelconque auquel se tenir — celui-
là ne pourra pas se passer longtemps d'une fenêtre sur
rue. Et même s'il en est au point de ne plus rien
chercher, même s'il n'est plus qu'un vieil homme
recru de fatigue qui s'appuie à sa fenêtre et promène
ses yeux entre le public et le ciel, la tête un peu rejetée
en arrière, sans plus rien vouloir, les chevaux l'entraî-
neront cependant dans leur cortège de voitures et de
bruit, pour le replonger enfin dans le concert des
hommes.

SI L'ON POUVAIT ÊTRE UN PEAU-ROUGE

Si l'on pouvait être un Peau-Rouge, toujours paré,
et, sur son cheval fougueux, dressé sur les pattes de
derrière, sans cesse vibrer sur le sol vibrant, jusqu'à ce

qu'on quitte les éperons, car il n'y avait pas d'éperons, jusqu'à ce qu'on jette les rênes, car il n'y avait pas de rênes, et qu'on voie le terrain devant soi comme une lande tondue, déjà sans encolure et sans tête de cheval.

LES ARBRES

« Nous sommes pareils à des troncs d'arbres dans la neige. On dirait qu'ils sont simplement posés, d'une chiquenaude on devrait pouvoir les pousser. Non, ce n'est pas possible, car ils sont solidement attachés au sol. Mais regarde bien : même cela n'est qu'une apparence. »

UN JOUR QUE J'ÉTAIS MALHEUREUX

La chose était déjà devenue intolérable — c'était un jour de novembre, comme le soir tombait. J'arpentais l'étroit tapis de ma chambre comme la piste d'un champ de courses ; puis, effrayé par le spectacle de la rue éclairée, je faisais demi-tour, trouvais dans le fond du miroir accroché au bout de la pièce un nouvel objectif pour mes pérégrinations ; puis je me mettais à crier, rien que pour entendre un cri auquel rien ne répondît et que, par conséquent, rien ne vînt entraver, un cri qui s'élevât donc sans contrepoids et qui ne pût pas cesser, même quand on s'était tu. Ce fut alors que la porte s'ouvrit au milieu du mur, très vite, car

l'affaire semblait urgente ; et même les chevaux de
fiacre, en bas sur le pavé, se cabrèrent comme des
chevaux qui s'affolent au milieu de la bataille, le
gosier en avant.

Un petit fantôme, un enfant, surgit du fond du
couloir obscur, où la lampe ne brûlait pas encore, et
s'arrêta sur la pointe des pieds sur une lame du
parquet qui vacillait imperceptiblement. Aussitôt
ébloui par le demi-jour de la pièce, il cachait déjà son
visage dans ses mains ; mais il se rassura soudain en
regardant du côté de la fenêtre, devant le montant de
laquelle la lueur fuligineuse qui venait des réverbères
de la rue s'arrêtait et se perdait dans l'obscurité. Le
coude droit appuyé au mur, il se tenait devant la porte
ouverte et laissait le courant d'air du dehors caresser
ses chevilles, son cou et ses tempes.

Je portai mon regard vers lui, puis je lui dis :
« Bonjour ! » ; je pris mon veston qui était pendu sur
l'écran de la cheminée, afin de ne pas rester ainsi
demi-nu. Je gardai un instant les lèvres entrouvertes
pour laisser échapper mon émotion ; j'avais la bouche
pleine d'une mauvaise salive, mes cils tremblaient sur
mon visage ; bref, il ne me manquait plus que cette
visite, qu'à vrai dire j'attendais.

L'enfant était toujours au même endroit, près de la
cloison, la main droite appuyée au mur ; il avait les
joues rouges ; il promenait ses doigts sur le mur crépi
de blanc, il semblait ne pas se lasser de constater à
quel point celui-ci était granuleux et il se frottait le
bout des doigts. « C'est bien chez moi que vous
vouliez venir ? lui dis-je. N'avez-vous pas fait erreur ?
On peut facilement se tromper dans cette grande
maison. Je m'appelle Un tel, j'habite au troisième
étage. Suis-je bien celui que vous cherchez ?

— Du calme, du calme! répliqua-t-il par-dessus l'épaule, je n'ai point fait erreur.

— Alors, avancez un peu, que je ferme la porte.

— Je viens moi-même de fermer la porte. Ne vous en donnez pas la peine. Reprenez donc votre calme.

— Ne parlez pas de peine. Mais dans ce couloir habitent beaucoup de gens, je les connais tous, naturellement. La plupart reviennent en ce moment de leur travail; s'ils entendent parler dans une pièce, ils croient avoir tout bonnement le droit d'ouvrir pour regarder ce qui se passe. C'est ainsi. Ces gens ont terminé leur travail quotidien : de qui tiendraient-ils compte, dans cette liberté provisoire que leur apporte le soir? D'ailleurs, vous le savez aussi bien que moi. Laissez-moi fermer la porte.

— Mais qu'y a-t-il donc? Qu'avez-vous? En ce qui me concerne, toute la maison peut bien entrer ici. Et puis, je vous le répète : j'ai déjà fermé la porte. Croyez-vous donc être le seul à pouvoir fermer la porte? J'ai même donné un tour de clef.

— Alors, tout va bien. Je ne demande rien de plus. Il n'était pas nécessaire de fermer à clef. Et, puisque vous êtes ici, mettez-vous donc à l'aise. Vous êtes mon invité. Faites-moi toute confiance. Installez-vous comme il faut, je vous prie. Je ne vous obligerai ni à rester ni à partir, ai-je besoin de le dire? Me connaissez-vous si mal?

— Non, il n'était, en effet, pas nécessaire de me le dire. Et même, vous n'auriez pas dû. Je suis un enfant; pourquoi faire tant de façons avec moi?

— L'affaire n'est pas si grave. Bien sûr, vous êtes un enfant, mais vous n'êtes pas si petit que cela. Vous êtes déjà grand. Si vous étiez fille, vous ne pourriez pas vous enfermer ainsi dans une chambre avec moi.

— Ne nous faisons pas de souci à ce sujet. Je

voulais simplement dire que le fait de vous connaître
si bien ne constitue pas pour moi une protection, cela
vous dispense seulement d'avoir à me conter des
mensonges. Et vous voilà cependant à me faire des
compliments. Laissez cela, je vous en prie, laissez
cela. D'ailleurs, je ne vous connais pas si parfaitement, surtout dans cette obscurité. Vous feriez mieux
de faire allumer la lumière. Non, mieux vaut ne pas le
faire. Je retiens en tout cas que vous m'avez déjà
menacé.

— Quoi ? Je vous aurais menacé ? Je vous en prie !
Moi qui suis si content de vous voir enfin ici. Je dis
" enfin ", parce qu'il est déjà si tard. Je n'arrive pas à
comprendre pourquoi vous êtes venu si tard. Il se peut
fort bien que j'aie un peu bredouillé de joie et vous
l'aurez compris de la sorte. Je vous accorde volontiers
que j'ai parlé ainsi ; je l'accorde dix fois plutôt qu'une ;
je vous ai menacé de tout ce que vous voudrez.
Surtout, ne nous disputons pas, pour l'amour du
Ciel !... Mais comment avez-vous pu croire ?...
Comment me faire un tel affront ? Pourquoi voulez-
vous à toute force gâcher le bref moment que vous
passez ici ? Un étranger serait plus proche de moi que
vous.

— Je le crois bien, et votre propos est naïf. Je suis
par nature plus proche de vous qu'un étranger
pourrait jamais le devenir. Vous le savez fort bien !
Pourquoi donc cette mélancolie ? Dites que vous jouez
la comédie et je pars à l'instant.

— Vraiment ? Vous osez me parler de la sorte ?
Vous êtes trop hardi. Car enfin, vous êtes dans ma
chambre. C'est à mon mur que vous frottez vos doigts
comme un dément. C'est ma chambre, c'est mon mur.
Et puis vos propos ne sont pas seulement insolents, ils
sont ridicules. Vous me dites que votre nature vous

oblige à me parler ainsi. Vraiment, votre nature vous oblige ? C'est fort aimable à elle. Votre nature est la mienne et si, de par ma nature, je me conduis aimablement avec vous, vous n'avez pas le droit de vous conduire autrement avec moi.

— C'est là votre amabilité ?

— Je parle de tout à l'heure.

— Savez-vous comment je serai plus tard ?

— Je ne sais rien du tout. »

Et j'allai vers ma table de nuit pour allumer ma bougie — je n'avais, en ce temps-là, ni le gaz ni l'électricité dans ma chambre. Je restai encore un instant assis à ma table, puis je me lassai, enfilai mon pardessus, pris mon chapeau sur le canapé et soufflai la bougie. En sortant, je trébuchai sur le pied du fauteuil.

Dans l'escalier, je rencontrai un locataire du même étage.

« Vous sortez encore ? Ah, le coquin ! me dit-il, en s'arrêtant un instant, les jambes écartées entre deux marches.

— Que faire ? dis-je. Je viens d'avoir dans ma chambre la visite d'un fantôme.

— Vous dites cela d'un air mécontent, comme quelqu'un qui a trouvé un cheveu dans sa soupe.

— Vous plaisantez. Mais, sachez-le, un fantôme est un fantôme.

— Très juste. Mais si l'on ne croit pas aux fantômes ?

— Vous pensez peut-être que je crois aux fantômes ? Mais à quoi me sert de n'y pas croire ?

— C'est très simple : à ne pas avoir peur quand un fantôme vient vraiment vous rendre visite.

— Mais cette peur-là est toute secondaire. La véritable peur est celle qu'on éprouve pour la cause de l'apparition. Et cette peur-là ne disparaît pas. C'est elle que j'éprouve — et combien ! — en ce moment. » Je me mis par nervosité à fouiller toutes mes poches.

« Mais, si vous n'aviez pas peur de l'apparition elle-même, vous auriez pu lui demander les motifs de sa venue.

— On voit bien que vous n'avez jamais parlé à un fantôme. Jamais vous ne pouvez tirer d'eux un renseignement clair. Ils parlent à tort et à travers. Ces fantômes paraissent douter de leur existence plus que nous ne faisons nous-mêmes. Ce qui, d'ailleurs, n'a rien d'étonnant, vu leur extrême fragilité.

— J'ai pourtant ouï dire qu'on pouvait leur donner à manger.

— Vous êtes bien renseigné : c'est, en effet, possible. Mais qui s'y risquera ?

— Pourquoi pas ? S'il s'agit d'un fantôme femelle, par exemple ? dit-il, le pied sur la marche supérieure.

— Ah oui ! dis-je, mais, même alors, cela n'en vaut guère la peine. »

Je réfléchissais. Mon interlocuteur était déjà si haut que, pour me voir, il devait se pencher dans la cage d'escalier. « Mais, malgré tout, lui criai-je, si vous, là-haut, vous me prenez mon fantôme, c'en est fini entre nous.

— C'était pour rire, dit-il en retirant la tête.

— Alors, tout va bien », répondis-je. Maintenant, j'aurais pu aller me promener tranquillement. Mais je me sentais si abandonné que je préférai remonter et me mettre au lit.

VACARME

Je suis assis dans ma chambre, au quartier général du bruit de tout l'appartement. J'entends claquer toutes les portes, le vacarme qu'elles font m'épargne seulement d'entendre le pas de ceux qui courent de l'une à l'autre, j'entends encore fermer violemment la porte du four dans la cuisine. Mon père enfonce les portes de ma chambre et la traverse en faisant traîner sa robe de chambre ; dans la pièce à côté, on gratte les cendres dans le poêle ; Valli crie à la cantonade à travers l'antichambre, comme elle crierait à travers une rue de Paris, pour savoir si on a déjà brossé le chapeau de mon père ; un chuchotement, qui veut sans doute m'être favorable, provoque le hurlement d'une réponse. On appuie sur la clenche de la porte d'entrée, qui grince comme une gorge enrouée, puis continue à s'ouvrir en chantant un bref moment comme une voix de femme, puis se ferme brusquement avec un choc sourd et viril, qu'on éprouve comme le bruit le plus agressif. Mon père est parti ; maintenant commence un tapage plus subtil, plus dispersé et qui ne laisse plus aucune place à l'espoir, conduit par le chant des deux canaris. Je m'étais déjà demandé auparavant, et maintenant les canaris me rappellent ce projet, si je ne devrais pas doucement

entrebâiller la porte, me glisser comme un serpent
dans la pièce d'à côté et en rampant ainsi sur le sol,
supplier mes sœurs et leur bonne de faire un peu de
silence.

LE VERDICT
Une histoire

Pour F.

C'était un dimanche matin, une magnifique journée
de printemps. Georg Bendemann, un jeune négociant,
se trouvait dans sa chambre, au premier étage d'une
de ces maisons basses de construction légère dont la
longue file bordait la rivière et que leur hauteur et leur
couleur permettaient presque seules de distinguer les
unes des autres. Il venait tout juste de terminer une
lettre à un ami de jeunesse, qui résidait à l'étranger ; il
la ferma avec lenteur, comme en se jouant ; puis, le
coude appuyé sur la table, il jeta un regard par la
fenêtre sur la rivière, le pont et les hauteurs de l'autre
rive, couvertes d'une frondaison vert pâle.

Il pensait à la manière dont cet ami, insatisfait du
progrès de sa situation au pays, s'était, il y avait de
cela déjà bien des années, littéralement enfui en
Russie. Il dirigeait maintenant une affaire à Pétersbourg, dont les débuts avaient été prometteurs, mais
qui, depuis longtemps déjà, semblait péricliter, à en
croire les plaintes que faisait cet ami lors de ses visites,
d'ailleurs de plus en plus rares. Il s'était donc épuisé
vainement à l'étranger ; il portait toute sa barbe,
comme il est d'usage dans ce pays, mais celle-ci
dissimulait mal le visage qu'on lui connaissait depuis

les années d'enfance, un visage dont le teint jaune
semblait indiquer l'évolution d'une maladie. Il n'entretenait, à ce qu'il disait, aucune véritable relation là-
bas avec la colonie de ses compatriotes, mais n'avait
guère de rapports non plus avec les familles du pays ;
il semblait s'acheminer vers un célibat définitif.

Que pouvait-on bien écrire à un homme de cette
espèce, qui s'était manifestement fourvoyé, qu'on
pouvait certes plaindre, mais auquel on ne pouvait
guère porter secours ? Fallait-il peut-être lui conseiller
de revenir au pays, d'y transférer son existence, de
renouer avec toutes ses relations d'autrefois — ce qui
n'eût certes rencontré aucun obstacle — et, pour le
reste, de faire confiance à ses amis ? Mais cela revenait
tout bonnement à lui dire en même temps — et de
façon d'autant plus blessante qu'on tenterait davantage de le ménager — que tous ses efforts jusqu'à
maintenant avaient échoué, qu'il devait définitivement renoncer, retourner au pays et, revenu sans
esprit de retour, accepter que les gens portent toujours
sur lui un regard plein de surprise ; c'était lui dire que
seuls ses amis savaient vivre, que lui-même n'était
qu'un vieil enfant, qui n'avait rien de mieux à faire
que d'imiter ceux qui étaient restés chez eux et qui
avaient réussi. Et était-il sûr d'ailleurs que tout ce
tourment qu'on ne pouvait pas manquer de lui infliger
avait un sens ? Peut-être ne parviendrait-on même pas
à le ramener au pays — lui-même affirmait ne plus
rien entendre aux affaires de son pays natal — et
alors, il resterait malgré tout à l'étranger, aigri par les
conseils reçus et encore un peu plus éloigné de ses
amis. Mais s'il acceptait les avis et qu'il fût ici écrasé
— naturellement pas par mauvaise intention, mais
par la force des choses —, s'il ne parvenait plus à
retrouver sa place, ni parmi ses amis ni sans eux, s'il

souffrait d'humiliation et se sentait cette fois vraiment dépaysé et privé d'amis, ne valait-il pas beaucoup mieux pour lui de rester tel qu'il était, à l'étranger? Pouvait-on, dans ces conditions, supposer qu'il serait vraiment capable de faire ici son chemin?

Il était pour ces raisons impossible, si même on voulait maintenir avec lui des relations épistolaires, de lui communiquer aucune nouvelle sérieuse, comme on l'eût fait sans scrupule envers l'ami le plus lointain. Il y avait maintenant plus de trois ans qu'il n'était pas revenu au pays, ce qu'il expliquait à grand-peine en faisant allusion à l'incertitude de la situation politique en Russie, laquelle, selon lui, interdisait la moindre absence à un petit homme d'affaires, alors que des centaines de milliers de Russes continuaient paisiblement à sillonner le monde. Mais au cours de ces trois années, beaucoup de choses avaient changé pour Georg. Son ami avait dû encore être informé du décès de la mère de Georg, qui avait eu lieu à peu près deux ans plus tôt et depuis lequel Georg vivait en ménage avec son vieux père; il avait alors exprimé ses condoléances dans une lettre, avec une sécheresse qu'expliquait sans doute le fait qu'à l'étranger on ne se représente plus du tout la tristesse d'un événement comme celui-là. Mais, depuis ce temps, Georg avait pris l'affaire en main avec la résolution qu'il montrait désormais en toute chose. Peut-être son père l'avait-il empêché, du vivant de sa mère, d'exercer vraiment une activité dans le commerce, parce qu'il voulait toujours imposer ses vues, peut-être maintenant, tout en continuant à travailler au magasin, était-il devenu plus discret; peut-être — et c'était même le plus vraisemblable —, des hasards heureux étaient-ils intervenus, toujours est-il que l'entreprise s'était développée au cours de ces deux années de façon tout à fait inespérée, on avait doublé le personnel, le chiffre d'affaires avait quintuplé et on pouvait être sûr que les progrès ne s'arrêteraient pas là.

Mais son ami n'avait aucune idée de tous ces changements. Jadis, pour la dernière fois peut-être dans sa lettre de condoléances, il avait voulu inciter Georg à émigrer en Russie, en s'étendant longuement sur les perspectives qui existaient à Pétersbourg précisément dans la branche de Georg. Les chiffres qu'il avançait étaient infimes au regard de l'étendue que l'affaire avait prise maintenant. Mais Georg n'avait pas eu envie de parler à son ami de sa réussite professionnelle, et il aurait paru bizarre de le faire maintenant, après coup.

Aussi Georg se bornait-il, comme toujours, à n'informer son ami que d'incidents insignifiants, tels qu'ils s'amoncellent en désordre dans le souvenir quand on se prend un beau dimanche à réfléchir. Il voulait seulement laisser intacte l'image que son ami s'était faite sans doute de sa ville natale au cours de ces longues années et dont il s'accommodait. C'est ainsi qu'il lui avait annoncé trois fois dans des lettres assez éloignées l'une de l'autre les fiançailles d'un quelconque jeune homme avec une aussi quelconque jeune fille, tant et si bien que son ami s'était mis à s'intéresser à ce curieux événement, ce qui n'était pas du tout dans l'intention de Georg.

Mais Georg aimait beaucoup mieux raconter des choses de ce genre, plutôt que d'avouer que lui-même s'était fiancé un mois plus tôt avec une Mlle Frieda Brandenfeld, une jeune fille d'une famille aisée. Il lui arrivait souvent de parler à sa fiancée de son ami, ainsi que des étranges relations épistolaires qu'il entretenait avec lui. « Mais il ne va donc pas venir à notre mariage », disait-elle, et j'ai pourtant le droit de

connaître tous tes amis. » « Je ne veux pas le déranger », répondait Georg, « comprends-moi, il viendrait
probablement, du moins je le suppose, mais il se
sentirait contraint et lésé, peut-être m'envierait-il et il
repartirait tout seul, incapable de dominer jamais son
insatisfaction. Tout seul — tu comprends ce que cela
veut dire ? » « Oui, mais ne peut-il pas apprendre
notre mariage par ailleurs ? » « C'est une chose que je
ne peux évidemment pas empêcher, mais cela me
paraît peu vraisemblable, étant donné son mode de
vie. » « Si tu as des amis de cette espèce, Georg, tu
aurais mieux fait de ne pas te fiancer du tout. » « Oui,
c'est notre faute à tous les deux ; mais même maintenant, je ne voudrais pas que les choses se soient
passées autrement. » Mais quand, en suffoquant sous
ses baisers, elle ajouta encore : « Il n'empêche, je me
sens vexée », il pensa qu'il était vraiment sans incon-
vénient de tout écrire à son ami. « Je suis comme cela
et il n'a qu'à me prendre tel que je suis », se dit-il, « je
ne peux pourtant pas me forcer à tirer de moi un
homme mieux fait pour l'amitié avec lui que je ne le
suis. »

Et, en effet, dans la longue lettre qu'il écrivit ce
dimanche matin-là, il raconta à son ami dans les
termes que voici que ses fiançailles venaient d'avoir
lieu : « J'ai gardé la meilleure nouvelle pour la fin. Je
me suis fiancé avec une Mademoiselle Frieda Brandenfeld, une jeune fille d'une famille aisée, qui ne s'est
installée ici que longtemps après ton départ et que tu
as par conséquent peu de chances de connaître.
J'aurai encore plus d'une occasion de te donner des
détails sur ma fiancée ; contente-toi pour aujourd'hui
de savoir que je suis tout à fait heureux et que la seule
chose qui aura changé dans nos relations, c'est qu'au
lieu d'avoir en moi un ami ordinaire, tu auras

désormais en moi un ami heureux. Tu trouveras en outre en ma fiancée, qui t'adresse ses meilleures pensées et qui t'écrira bientôt elle-même, une amie sincère, ce qui, pour un célibataire, n'est pas sans importance. Je sais tout ce qui t'empêche de nous rendre visite, mais mon mariage ne serait-il pas la meilleure occasion de jeter pour une fois tous les obstacles par-dessus bord ? Mais, quoi qu'il en soit, ne tiens aucun compte des convenances et agis seulement selon ce que tu penses. »

Georg était resté longtemps à sa table, en tenant cette lettre à la main, le visage tourné vers la fenêtre. Quelqu'un de sa connaissance qui passait dans la rue lui adressa un salut : il ne lui répondit que par un sourire absent.

Il mit enfin la lettre dans sa poche, sortit de sa chambre et en traversant un petit couloir, il se rendit dans la chambre de son père, où il n'était pas allé depuis plusieurs mois. Il n'avait d'ailleurs d'ordinaire aucune raison de s'y rendre, car il rencontrait son père constamment au magasin, ils prenaient ensemble le repas de midi dans un restaurant ; le soir, chacun s'occupait seul à sa guise de sa nourriture, mais, le plus souvent, quand Georg ne passait pas la soirée avec des amis ou ne rendait pas visite à sa fiancée, ce qui maintenant se produisait fréquemment, ils restaient encore ensemble un moment dans la pièce commune, chacun avec son journal. Georg s'étonna de trouver la chambre de son père si obscure, même par cette matinée de soleil. C'était donc le grand mur, de l'autre côté de la petite cour, qui donnait toute cette ombre. Son père était assis près de la fenêtre, dans un recoin décoré de nombreux souvenirs de sa défunte épouse, et il lisait le journal, qu'il tenait de côté devant ses yeux, pour compenser une vision défectueuse. Sur la table figuraient encore les restes du petit déjeuner, auquel il paraissait avoir à peine touché.

« Ah, Georg ! », dit le père en allant immédiatement à sa rencontre. Sa lourde robe de chambre s'ouvrit pendant qu'il marchait, les pans battaient autour de lui comme deux ailes. « Mon père est resté un géant », se dit Georg.

« Il fait ici une obscurité épouvantable », dit-il ensuite.

« Oui, c'est vrai, il fait sombre », répondit le père.

« Et de surcroît, tu as fermé la fenêtre ? »

« Oui, je préfère. »

« Il fait chaud dehors », dit Georg, comme pour poursuivre cette conversation, puis il s'assit.

Le père débarrassa la vaisselle du petit déjeuner et la posa sur un bahut.

« Je voulais seulement te dire », continua Georg, qui suivait d'un air absent les gestes du vieillard, « que j'ai malgré tout annoncé mes fiançailles à Pétersbourg ». Il sortit un peu la lettre de sa poche, puis la laissa retomber.

« A Pétersbourg ? », demanda le père.

« A mon ami, voyons », dit Georg en cherchant le regard de son père. Il est tout différent au magasin, pensa-t-il, comme il est ici carré sur sa chaise, les bras croisés sur la poitrine.

« Ah oui, à ton ami », dit le père d'un air entendu.

« Tu sais bien, père, que je voulais d'abord lui taire mes fiançailles. Par égard pour lui, je n'avais pas d'autre raison. Tu sais bien que c'est quelqu'un de compliqué. Je me disais qu'il pourrait apprendre mes fiançailles par ailleurs, encore qu'avec son mode de vie solitaire, cela me parût peu vraisemblable — cela, je ne peux pas l'empêcher, mais je ne voulais pas qu'il l'apprît par moi directement. »

« Et maintenant tu as changé d'avis ? », demanda le père en posant son grand journal sur le rebord de la fenêtre, puis ses lunettes sur le journal, en mettant la main dessus.

« Oui, j'ai réfléchi. Puisqu'il est vraiment mon ami, je me suis dit que mes heureuses fiançailles ne pourraient être pour lui qu'une heureuse nouvelle. Et c'est pourquoi je n'ai plus hésité à les lui annoncer. Malgré tout, avant de mettre la lettre à la boîte, j'ai voulu te le dire. »

« Georg », dit le père en ouvrant toute grande sa bouche édentée, « écoute-moi donc. Tu es venu me voir à propos de cette affaire, pour en discuter avec moi. C'est sans aucun doute tout à fait à ton honneur. Mais ce n'est rien, c'est pire que rien, si tu ne me dis pas toute la vérité. Je ne veux pas remuer des choses qui n'ont rien à voir ici. Depuis la mort de ta chère mère, il s'est passé certaines choses qui ne sont pas très belles. Peut-être le temps d'en parler viendra-t-il aussi, et peut-être plus vite que nous ne pensons. Au magasin, il y a bien des choses qui m'échappent, peut-être ne me les cache-t-on pas — je ne veux pas aller jusqu'à supposer qu'on me les cache —, je n'ai plus la force, ma mémoire se perd, je n'ai plus l'œil qu'il faudrait pour veiller sur certaines choses. Premièrement, c'est le cours de la nature, et deuxièmement la mort de notre petite maman m'a marqué beaucoup plus que toi. Mais, puisque nous en sommes à cette affaire, à cette lettre, je t'en prie, Georg, n'essaie pas de me tromper. C'est une chose insignifiante, qui mérite à peine qu'on en parle, par conséquent n'essaie pas de me tromper. As-tu vraiment cet ami à Pétersbourg ? »

Georg se leva, l'air gêné. « Laissons là mes amis. Un millier d'amis ne pourraient me tenir lieu d'un père. Sais-tu ce que je crois ? Tu ne te ménages pas assez. Mais il faut savoir tenir compte de l'âge qu'on a. Tu m'es indispensable au magasin, tu le sais très bien, mais si le magasin devait constituer une menace pour ta santé, je le fermerais pour toujours dès demain. Cela ne peut pas durer. Il nous faut inaugurer pour toi un nouveau mode de vie. Un mode de vie radicalement nouveau. Tu restes là assis dans le noir, alors que tu aurais de la lumière dans la salle de séjour. C'est à peine si tu grignotes ton petit déjeuner, au lieu de reprendre des forces comme il conviendrait. Tu restes la fenêtre fermée, alors que le grand air te ferait tant de bien. Non, mon père ! Je vais aller chercher le médecin et nous suivrons ses prescriptions. Nous allons échanger nos chambres, tu vas t'installer sur le devant et moi je viendrai ici. Cela ne sera pas un déménagement pour toi, on t'apportera tout ce qu'il faut. Mais rien ne presse ; pour l'instant, étends-toi un peu sur le lit, tu as absolument besoin de repos. Viens, je vais t'aider à te déshabiller ; tu vas voir que je sais m'y prendre. Ou bien préfères-tu aller tout de suite dans la chambre de devant ? dans ce cas, tu coucheras provisoirement dans mon lit. Ce serait d'ailleurs ce qu'il y aurait de plus raisonnable à faire. »

Georg était debout tout à côté de son père, qui laissait retomber sur sa poitrine sa tête blanche aux cheveux ébouriffés.

« Georg », dit le père à voix basse et sans faire un mouvement.

Georg s'agenouilla aussitôt à côté de son père ; il vit son visage fatigué et dans le coin des yeux, deux immenses pupilles dirigées sur lui.

« Tu n'as pas d'ami à Pétersbourg. Tu as toujours été un plaisantin et même en face de moi tu ne t'en es pas privé. Quel genre d'ami prétends-tu avoir là-bas ? Je n'en crois pas un traître mot. » « Mais réfléchis donc, père », dit Georg en soulevant son père hors du fauteuil et en essayant, tandis qu'il se tenait faiblement sur ses jambes, de lui retirer sa robe de chambre, « il y aura bientôt trois ans de cela, mon ami était venu nous rendre visite. Je me rappelle que tu ne l'appréciais pas beaucoup. Je t'ai au moins deux fois dissimulé sa présence, alors qu'il était dans ma chambre. Je pouvais fort bien comprendre ton antipathie envers lui, il a ses bizarreries. Mais ensuite tu t'es fort bien entretenu avec lui. J'étais si fier alors de te voir l'écouter, l'approuver de la tête, lui poser des questions. Si tu réfléchis, tu vas te rappeler. Il nous a raconté ce jour-là d'incroyables histoires sur la révolution russe. Comment, par exemple, lors d'un voyage à Kiev, il avait vu au cours d'une émeute un prêtre sur un balcon s'ouvrir une grande croix sanglante dans la paume de la main, lever la main et haranguer la foule. Tu as toi-même raconté cette histoire à plusieurs reprises. »

Georg, pendant ce temps, avait réussi à asseoir son père à nouveau et avec maintes précautions à lui retirer ses chaussettes ainsi que la combinaison de tricot qu'il portait par-dessus son caleçon de toile. En apercevant ce linge d'une propreté douteuse, il se reprocha sa négligence. Il eût été certainement de son devoir de veiller à la lessive du linge paternel. Il ne s'était pas encore expressément entretenu avec sa fiancée au sujet de l'avenir qui serait réservé à son père, parce qu'ils avaient tacitement admis qu'il resterait seul dans l'ancien appartement. Mais maintenant il prit en un instant la décision d'emmener son père avec lui dans son futur ménage. Il eut même le sentiment, en examinant la situation de plus près, que les soins qui lui seraient prodigués risqueraient d'arriver trop tard.

Il prit son père dans ses bras et le porta sur le lit. Il eut tout à coup une impression épouvantable en s'apercevant que, dans les quelques pas qui le sépareraient du lit, son père, appuyé contre sa poitrine, jouait avec sa chaîne de montre. Il ne put le mettre immédiatement au lit tant il s'agrippait à cette chaîne de montre.

Mais à peine fut-il au lit que tout parut aller pour le mieux. Il se recouvrit lui-même, il tira même le dessus de lit jusque sur ses épaules. Il leva les yeux sur Georg, non sans affection.

« N'est-ce pas, tu te souviens bien de lui ? », dit Georg, en l'encourageant d'un signe de tête.

« Suis-je bien couvert maintenant ? », demanda le père, comme s'il n'était pas en mesure de vérifier lui-même si ses pieds étaient couverts comme il faut.

« Tu vois, tu te sens bien au lit », dit Georg en le bordant soigneusement.

« Suis-je bien couvert ? », demanda le père une fois encore, il semblait guetter la réponse avec une particulière attention.

« Sois tranquille, tu es bien couvert. »

« Non ! », s'écria le père si vivement que la réponse parut rebondir sur la question ; il rejeta sa couverture avec une telle force qu'elle sembla voler et se déploya tout entière et il se dressa debout sur le lit. Il ne se tenait que d'une main, appuyée contre le plafond. « Tu voulais me couvrir, je le sais bien, mon lardon, mais je ne suis pas encore entièrement recouvert. Et même si ce sont les dernières forces dont je dispose, c'est encore bien assez, c'est plus qu'il n'en faut pour toi. Bien sûr, je connais ton ami. C'est lui qui aurait été un fils selon mon cœur. C'est d'ailleurs pour cela que tu l'as dupé pendant toutes ces années. Sinon, pourquoi l'aurais-tu fait ? Tu crois peut-être que je ne l'ai pas pleuré ? C'est bien pour cela que tu t'enfermes dans ton bureau, personne n'a le droit de te déranger, le patron est occupé — uniquement pour pouvoir envoyer en Russie tes petites lettres mensongères. Heureusement, un père n'a besoin de personne pour apprendre à voir clair dans son fils. Et, après avoir cru flanquer ton père par terre, le flanquer par terre pour poser ton derrière sur lui et qu'il ne puisse plus bouger, voilà que Monsieur mon fils décide de se marier ! »

Georg leva les yeux sur l'épouvantail qu'était devenu son père. Il fut saisi d'émotion plus qu'il ne l'avait jamais été à la pensée de cet ami de Pétersbourg, que son père tout à coup s'était mis à si bien connaître. Il le vit perdu au milieu de l'immense Russie. Il le vit à la porte de sa boutique, vidée et pillée. Il était encore là, au milieu des étagères détruites, des marchandises mises en pièces, des conduites de gaz arrachées. Pourquoi donc était-il parti si loin ?

« Mais regarde-moi donc ! », cria le père, et Georg, l'esprit ailleurs, se précipita vers le lit pour tout ramasser, mais s'arrêta à mi-chemin.

« C'est parce qu'elle a retroussé ses jupes », commença le père d'une voix flûtée, « parce qu'elle a retroussé ses jupes comme ça, cette horrible dinde » et, pour imiter le mouvement, il souleva sa chemise si haut qu'on aperçut sur sa cuisse la cicatrice qui datait de ses années de guerre, « c'est parce qu'elle a retroussé ses jupes comme ça et comme ça et comme ça, que tu t'es jeté sur elle et pour pouvoir te satisfaire avec elle sans te gêner, tu as souillé le souvenir de ta mère, trahi ton ami et mis ton père au lit pour qu'il ne puisse plus bouger. Mais il peut bouger, oui ou non ? » Il était là, debout, en toute liberté et il lançait ses jambes en l'air. Il rayonnait d'intelligence.

Georg se tenait dans un coin, aussi loin que possible de son père. Il avait conçu depuis un bon moment la ferme décision de tout observer avec la plus grande exactitude, pour n'être pas pris à l'improviste par un geste détourné, venu de derrière ou d'en haut. Cette résolution depuis longtemps oubliée lui revint à l'esprit et il l'oublia aussitôt, comme quand on fait passer un petit bout de fil par le chas d'une aiguille.

« Mais, maintenant, malgré tout, ton ami n'est pas trahi ! », s'écriait le père, et, pour appuyer cette affirmation, il agitait son index de droite et de gauche.

« C'était moi qui tenais sa place ici. »

« Comédien ! », ne put s'empêcher de s'écrier Georg ; il s'aperçut aussitôt de la faute qu'il avait commise, et, le regard absent, il se mordit la langue — mais trop tard — si violemment qu'il se plia en deux de douleur.

« Oui, bien sûr, j'ai joué la comédie ! La comédie ! Tu en as de bonnes ! Quelle autre consolation restait-il à un pauvre vieillard, à un malheureux veuf ? Dis-moi — et pour le temps de cette réponse, essaye d'être encore mon fils vivant —, que pouvais-je faire d'autre, dans ma chambre de derrière, persécuté par un personnel déloyal, moi qui me sentais vieux jusqu'à la moelle des os ? Et mon fils parcourait le monde en triomphe, concluait des affaires préparées par moi, cabriolait de plaisir et passait devant son père avec le grave visage d'un honnête homme ! Tu crois peut-être que je ne t'ai pas aimé, moi qui t'ai fait ? »

« Maintenant, il va se pencher », pensa Georg, « s'il allait tomber et se fracasser le crâne ! » Ces mots lui sifflèrent à travers la tête.

Le père se pencha, mais ne tomba pas. Il avait attendu que Georg s'approche ; comme il n'en faisait rien, il se redressa.

« Reste où tu es, je n'ai pas besoin de toi ! Tu crois avoir encore la force de venir jusqu'ici et de rester en arrière uniquement parce que tu le veux bien. Prends garde de ne pas te tromper ! Le plus fort, c'est toujours moi, et de loin ! Seul, j'aurais peut-être été obligé de reculer, mais ta mère m'a prêté sa force, avec ton ami j'ai conclu une magnifique alliance et ta clientèle, je l'ai ici dans ma poche ! »

« Il a des poches, même dans sa chemise », se dit Georg en pensant par cette réflexion le rendre impossible aux yeux du monde entier. Mais ce ne fut que la pensée d'un moment, il ne cessait de tout oublier d'un instant à l'autre.

« Accroche-toi au bras de ta fiancée et viens à ma rencontre ! Je la balayerai d'un revers de main, comme tu n'en as pas idée ! »

Georg fit une grimace, pour dire qu'il n'en croyait rien. Son père se contenta de hocher la tête du côté de Georg pour confirmer la vérité de ses propos.

« Comme tu m'as amusé aujourd'hui en venant me demander si tu dois mettre ton ami au courant de tes fiançailles. Mais il sait tout, pauvre imbécile, il sait tout. C'est moi qui lui écrivais, parce que tu as oublié de me prendre l'écritoire. C'est pour cela qu'il n'est pas venu depuis des années, il en sait cent fois plus que toi ; de la main gauche, il froisse tes lettres sans les ouvrir, en tenant de la main droite pour les lire les lettres que je lui écris ! »

D'enthousiasme, il brandissait le bras droit au-dessus de la tête. « Il en sait mille fois plus ! », criait-il.

« Dix mille fois plus ! », dit Georg pour se moquer de son père, mais ces mots n'avaient pas quitté ses lèvres qu'ils avaient revêtu une gravité sépulcrale.

« Voilà des années que j'épie le moment où tu viendrais me poser cette question ! Tu crois peut-être que je me soucie d'autre chose ? Tu crois que je lis le journal ? Tiens ! » et il lança à Georg une feuille de journal qui se trouvait, on ne sait comment, sur le lit. Un vieux journal, dont Georg ne se rappelait même pas le nom.

« Il t'a fallu du temps avant que tu ne te décides à mûrir ! Il a fallu que ta mère meure, elle n'a pas pu connaître ce grand jour, ton ami est en train de périr dans sa Russie, il y a trois ans, il était déjà si jaune qu'il était bon à jeter à la poubelle ; quant à moi, tu vois toi-même où j'en suis. Tu vois pourtant clair ! »

« Tu n'as donc pas cessé de m'épier ! », dit Georg.

D'un air de commisération, le père ajouta, comme sans y prendre garde : « C'est sans doute ce que tu voulais me dire tout à l'heure. Maintenant, c'est tout à fait déplacé. »

Puis, plus fort : « Tu sais maintenant que tu n'étais pas seul à vivre, jusqu'ici tu ne connaissais que toi ! Tu étais au fond un enfant innocent, mais, encore plus au fond, un être diabolique. Et par conséquent, écoute-moi bien : je te condamne en cet instant à périr noyé. »

Georg se sentit expulsé de la chambre ; en partant, il perçut encore dans l'oreille le bruit avec lequel son père, derrière lui, s'effondrait sur le lit. Dans l'escalier, dont il descendait les marches avec précipitation, comme s'il se fût agi d'une pente inclinée, il bouscula la servante qui venait faire le ménage du matin.

« Jésus ! », s'écria-t-elle en se couvrant le visage de son tablier, mais il était déjà loin. Il franchit le seuil d'un bond, dépassa les rails du tramway, attiré par l'eau irrésistiblement. Déjà il tenait le parapet comme un affamé sa pitance. Il sauta par-dessus, comme l'excellent gymnaste qu'il avait été dans ses jeunes années, à la fierté de ses parents. Il se retint encore un instant d'une main qui commençait à faiblir, épia entre les barreaux du garde-fou le passage d'un autobus, qui pût couvrir facilement le bruit de sa chute, murmura doucement : « Chers parents, je vous ai pourtant toujours aimés », puis se laissa tomber.

A ce moment-là, la circulation sur le pont était proprement incessante.

LA MÉTAMORPHOSE

I

Lorsque Gregor Samsa s'éveilla un matin au sortir de rêves agités, il se retrouva dans son lit changé en un énorme cancrelat. Il était couché sur son dos, dur comme une carapace et, lorsqu'il levait un peu la tête, il découvrait un ventre brun, bombé, partagé par des indurations en forme d'arc, sur lequel la couverture avait de la peine à tenir et semblait à tout moment près de glisser. Ses nombreuses pattes pitoyablement minces quand on les comparait à l'ensemble de sa taille, papillotaient maladroitement devant ses yeux.

« Que m'est-il arrivé ? » pensa-t-il. Ce n'était pas un rêve. Sa chambre, une chambre humaine ordinaire, tout au plus un peu exiguë, était toujours là entre les quatre cloisons qu'il connaissait bien. Au-dessus de la table, sur laquelle était déballée une collection d'échantillons de lainages — Samsa était voyageur de commerce —, était accrochée la gravure qu'il avait récemment découpée dans une revue illustrée et qu'il avait installée dans un joli cadre doré. Elle représentait une dame, assise tout droit sur une chaise, avec une toque de fourrure et un boa, qui tendait vers les gens un lourd manchon, dans lequel son avant-bras disparaissait tout entier.

Le regard de Gregor se dirigea alors vers la fenêtre et le temps maussade — on entendait les gouttes de pluie frapper l'encadrement de métal — le rendit tout mélancolique. « Et si je continuais un peu à dormir et oubliais toutes ces bêtises », pensa-t-il, mais cela était tout à fait irréalisable, car il avait coutume de dormir sur le côté droit et il lui était impossible, dans son état actuel, de se mettre dans cette position. Il avait beau se jeter de toutes ses forces sur le côté droit, il rebondissait sans cesse sur le dos. Il essaya bien une centaine de fois, en fermant les yeux pour ne pas être obligé de voir s'agiter ses petites pattes et n'arrêta que quand il commença à éprouver sur le côté une vague douleur sourde, qu'il ne connaissait pas encore.

« Ah, mon Dieu », pensa-t-il, « quel métier exténuant j'ai donc choisi ! Jour après jour en voyage. Les ennuis professionnels sont bien plus grands que ceux qu'on aurait en restant au magasin et j'ai par-dessus le marché la corvée des voyages, le souci des changements de trains, la nourriture irrégulière et médiocre, des têtes toujours nouvelles, jamais de relations durables ni cordiales avec personne. Le diable emporte ce métier ! » Il sentit une légère démangeaison sur le haut du ventre, se glissa lentement sur le dos pour se rapprocher du montant du lit, afin de pouvoir lever la tête plus commodément ; il trouva l'endroit de la démangeaison recouvert d'une masse de petits points blancs, dont il ignorait la nature ; il voulut tâter l'emplacement avec une de ses pattes, mais il la retira aussitôt, car le contact lui donnait des frissons.

Il se laissa glisser dans sa position antérieure. « On devient complètement stupide », pensa-t-il, « à se lever d'aussi bonne heure. L'homme a besoin de som-

meil. Il y a d'autres voyageurs qui vivent comme les
femmes de harem. Quand je retourne par exemple à
l'auberge au cours de la matinée pour recopier les
commandes que j'ai reçues, ces messieurs n'en sont
qu'à leur petit déjeuner. Il ferait beau que j'en fisse de
même avec mon patron ; je sauterais immédiatement.
Qui sait d'ailleurs si ce n'est pas ce qui pourrait
m'arriver de mieux ? Si je ne me retenais pas à cause
de mes parents, j'aurais donné ma démission depuis
longtemps, je serais allé voir le patron et je lui aurais
vidé mon sac. Il en serait tombé du haut de son
bureau ! Quelle habitude aussi de se percher sur le
bord du comptoir et de haranguer de là-haut ses
employés ! Surtout quand on est dur d'oreille comme
le patron et qu'on oblige les gens à s'approcher tout
près ! Enfin, tout espoir n'est pas perdu ; quand j'aurai
réuni l'argent nécessaire pour rembourser la somme
que mes parents lui doivent — cela demandera bien
cinq ou six ans —, c'est certainement ce que je ferai.
Et alors, point final et on tourne la page. Mais, en
attendant, il faut que je me lève, car mon train part à
5 heures. »

Et il regarda du côté du réveil, dont on entendait le
tic-tac sur la commode. « Dieu du ciel », pensa-t-il. Il
était six heures et demie et les aiguilles continuaient
tranquillement à tourner, il était même la demie
passée et on n'était pas loin de sept heures moins le
quart. Le réveil par hasard n'aurait-il pas sonné ? On
pouvait voir du lit qu'il était bien réglé sur quatre
heures, comme il convenait ; il avait certainement
sonné. Mais alors, comment Gregor avait-il pu dormir tranquille avec cette sonnerie à faire trembler
les meubles ? Non, son sommeil n'avait certes pas été
paisible, mais sans doute n'avait-il dormi que plus
profondément. Que faire maintenant ? Le prochain

train partait à 7 heures; pour l'attraper encore, il
aurait fallu se précipiter comme un fou, la collection
n'était même pas empaquetée et enfin, il ne se sentait
pas particulièrement frais et dispos. Et d'ailleurs,
même s'il parvenait encore à attraper ce train-là, une
algarade du patron était inévitable, car le garçon de
courses avait attendu Gregor au train de 5 heures et
avait certainement déjà depuis longtemps prévenu
tout le monde de son retard. C'était une créature du
patron, un individu sans épine dorsale et sans le
moindre soupçon d'intelligence. S'il se faisait porter
malade? Mais ç'eût été désagréable et cela eût paru
suspect, car, depuis cinq ans qu'il était en service, il
n'avait pas été malade une seule fois. Le patron
arriverait certainement, accompagné du médecin des
assurances, il ferait des reproches aux parents à cause
de la paresse de leur fils et couperait court à toutes les
objections en se référant au médecin des assurances,
pour lequel il n'y avait pas de malades, mais seulement des gens qui n'avaient pas envie de travailler.
D'ailleurs, aurait-il eu tellement tort en l'occurrence?
En dépit d'une somnolence, dont on se serait bien
passé après toutes ces heures de sommeil, Gregor se
sentait en excellent état; il avait même une faim de
loup.

Comme il retournait en toute hâte ces pensées dans
sa tête sans pouvoir se décider à quitter son lit, on
frappa prudemment à la porte située à côté de son
chevet, au moment où le réveil sonnait les trois quarts.
« Gregor! » disait-on — c'était sa mère — « il est sept
heures moins le quart. N'avais-tu pas l'intention de
prendre le train? » Oh! la douce voix! Gregor prit
peur en s'entendant répondre. C'était bien sa voix,
incontestablement, mais il s'y mêlait, comme venant
d'en dessous, une sorte de piaulement douloureux,

irrépressible ; au premier moment, on reconnaissait
correctement les mots, mais tout se brouillait ensuite,
au point qu'on se demandait si l'on avait bien
entendu. Gregor voulait répondre en détail et tout
expliquer ; mais, dans ces conditions, il se contenta de
répondre : « Si, si, merci, mère. Je me lève tout de
suite. » Il était apparemment impossible à travers le
bois de la porte de remarquer son changement de
voix, car la mère de Gregor fut rassurée par cette
explication et s'éloigna en traînant la savate. Mais
cette brève conversation avait alerté les autres membres de la famille sur le fait que Gregor, contre toute
attente, était encore là et son père s'était mis à frapper
à l'une des portes latérales, doucement, mais avec le
poing : « Gregor, Gregor », criait-il, « que se passe-
t-il donc ? » Et au bout d'un moment, il le rappelait à
nouveau à l'ordre, en s'écriant d'une voix plus grave :
« Gregor, Gregor », criait-il, « que se passe-t-il
donc ? » A une autre porte latérale, la sœur du jeune
homme disait doucement, d'une voix plaintive :
« Gregor ! Es-tu malade ? As-tu besoin de quelque
chose ? » Gregor répondit des deux côtés à la fois :
« Je suis prêt dans une minute », en s'efforçant
d'articuler distinctement et en laissant de grands
intervalles entre les mots pour dissimuler la singula-
rité de sa voix. Le père retourna d'ailleurs à son petit
déjeuner, mais la sœur murmurait : « Ouvre, Gregor,
je t'en conjure. » Mais Gregor ne songeait pas à
ouvrir, il se félicita de la précaution qu'il avait prise, à
force de voyager, de fermer toujours les portes à clef,
même chez lui.

Il voulait d'abord se lever tranquillement, sans être
gêné par personne, s'habiller et surtout prendre son
petit déjeuner ; il serait temps ensuite de réfléchir, car
il comprenait bien qu'en restant couché, il ne parvien-

drait pas à trouver une solution raisonnable. Il se
rappela avoir souvent éprouvé au lit, peut-être à la
suite d'une mauvaise position, une légère douleur, qui
s'était ensuite révélée imaginaire au moment du
réveil; et il était curieux de voir si ses impressions
d'aujourd'hui allaient, elles aussi, peu à peu se
dissiper. Quant à la transformation de sa voix, il ne
doutait pas un instant que ce fût seulement le signe
prémonitoire d'un bon rhume, la maladie professionnelle des voyageurs de commerce.

Il n'eut aucun mal à rejeter la couverture; il lui
suffit de se gonfler un peu et elle tomba d'elle-même.
Mais ensuite les choses se gâtèrent, surtout à cause de
sa largeur insolite. Il aurait fallu s'aider des bras et
des mains pour se redresser; mais il n'avait que de
petites pattes qui n'arrêtaient pas de remuer dans tous
les sens et sur lesquelles il n'avait aucun moyen
d'action. S'il voulait plier l'une d'entre elles, elle
commençait par s'allonger; et s'il parvenait enfin à
faire faire à cette patte ce qu'il voulait, toutes les
autres, abandonnées à elles-mêmes, se livraient aussitôt à une vive agitation des plus pénibles. « Surtout,
ne pas rester inutilement au lit », se dit-il.

Il voulut d'abord sortir du lit par le bas du corps,
mais cette partie inférieure de son corps, que d'ailleurs il n'avait encore jamais vue et dont il ne
parvenait pas à se faire une idée précise, s'avéra trop
difficile à mouvoir; tout cela bougeait si lentement; et
quand enfin, exaspéré, il se poussa brutalement de
toutes ses forces en avant, il calcula mal sa trajectoire
et vint se heurter violemment à l'un des montants du
lit et la douleur cuisante qu'il éprouva lui fit comprendre que la partie inférieure de son corps était peut-être
pour l'instant la plus sensible.

Il essaya donc de sortir d'abord par le haut et tourna la tête avec précaution vers le bord du lit. Il y parvint sans peine et la masse de son corps, malgré sa largeur et son poids, finit par suivre lentement les mouvements de sa tête. Mais lorsque la tête fut entièrement sortie à l'air libre, il eut peur de continuer à progresser de cette manière ; car, s'il se laissait tomber de la sorte, ç'eût été un miracle qu'il ne se fracassât pas le crâne. Et ce n'était certes pas le moment de perdre ses moyens. Mieux valait encore rester au lit.

Mais quand, après s'être donné à nouveau le même mal, il se retrouva en soupirant dans la même position et qu'il vit à nouveau ses petites pattes se livrer bataille avec plus de violence encore qu'auparavant, sans trouver aucun moyen de rétablir un peu d'ordre et de calme dans toute cette confusion, il se dit derechef qu'il lui était absolument impossible de rester au lit et que le plus raisonnable était encore de tout risquer, s'il subsistait un espoir, si léger soit-il, de sortir ainsi du lit. Ce qui ne l'empêchait pas de se rappeler, de temps à autre, que la réflexion et le sang-froid valent mieux que les résolutions désespérées. A ces moments-là, il fixait ses regards aussi fermement qu'il le pouvait sur la fenêtre ; mais malheureusement le brouillard du matin noyait tout, jusqu'au bord opposé de l'étroite ruelle et il y avait peu d'encouragement et d'espoir à attendre de ce côté-là. « Sept heures ! », pensa-t-il en entendant à nouveau la sonnerie du réveil, « et le brouillard n'a pas diminué », et il resta couché un moment immobile en retenant son souffle, comme s'il espérait que le calme total allât rendre à toute chose son évidence coutumière.

Mais il se dit ensuite : « Avant que ne sonne

8 heures un quart, il faut absolument que j'aie quitté le lit. Quelqu'un du magasin sera d'ailleurs venu demander de mes nouvelles, car ils ouvrent avant 7 heures ! » Et il se mit à balancer son corps de tout son long d'un mouvement régulier pour le sortir du lit. S'il se laissait tomber de cette façon, il pourrait sans doute éviter de se blesser la tête, pourvu qu'il la tînt bien droite au moment de la chute. Son dos semblait dur et il ne se passerait probablement rien lorsqu'il toucherait le tapis. Sa principale inquiétude venait du grand bruit qu'il ferait sans doute et qui, même à travers les portes closes, pouvait provoquer sinon de l'effroi, du moins de l'inquiétude. Mais il fallait risquer.

Lorsque Gregor eut à moitié émergé du lit — la nouvelle méthode était plus un jeu qu'un effort, il suffisait de se balancer —, il se mit à penser que tout aurait été facile si on était venu l'aider. Deux personnes vigoureuses — il pensait à son père et à la bonne — auraient amplement suffi : elles auraient passé les bras sous son dos bombé, l'auraient extrait du lit, se seraient penchées avec leur fardeau et auraient simplement attendu patiemment qu'il rebondisse de lui-même sur le sol, où l'on pouvait espérer que les petites pattes eussent rempli leur office. Mais, outre que les portes étaient fermées, aurait-il dû vraiment appeler à l'aide ? En dépit de tout son malheur, il avait de la peine, à cette idée, à réprimer un sourire.

Il en était déjà si loin dans l'opération que, même en accentuant le mouvement de balancement, il parvenait difficilement à garder l'équilibre ; il lui fallait prendre une décision définitive, car dans cinq minutes il serait 8 heures un quart ; mais soudain il entendit sonner à la porte de l'appartement. « C'est quelqu'un du magasin », se dit-il, et il resta figé sur

place, tandis que ses petites pattes s'agitaient plus
frénétiquement encore. Tout resta un moment silencieux. « Ils n'ouvrent pas », se dit Gregor, pris d'un
espoir insensé. Mais aussitôt, la bonne se dirigea
comme toujours de son pas ferme vers la porte et
l'ouvrit. Il suffit à Gregor d'entendre les premiers
mots du visiteur pour comprendre de qui il s'agissait :
c'était le fondé de pouvoir en personne. Pourquoi
fallait-il que Gregor fût condamné à travailler dans
une affaire où, au moindre manquement, on concevait
aussitôt les pires soupçons ? Les employés étaient-ils
donc tous sans exception des fripons ? N'y avait-il
parmi eux aucun de ces serviteurs fidèles et dévoués
qui, s'il leur arrivait un matin de laisser passer une ou
deux heures sans les consacrer au magasin, fussent
aussitôt saisis de remords insensés au point de ne pas
pouvoir se lever de leur lit ? N'aurait-il pas suffi
d'envoyer un apprenti aux renseignements — à
supposer qu'un interrogatoire parût même nécessaire
—; fallait-il que le fondé de pouvoir vînt lui-même,
afin de montrer à toute la famille innocente que
l'éclaircissement de cette scabreuse affaire ne pouvait
être confié qu'à la perspicacité d'un fondé de pouvoir ?
Et à cause de l'agacement que produisaient en lui
toutes ces réflexions plutôt que par l'effet d'une
véritable décision, il se jeta de toutes ses forces hors du
lit. Il y eut un choc, mais non à proprement parler un
fracas. La chute avait été un peu amortie par le tapis
et le dos était sans doute plus élastique que Gregor ne
l'avait tout d'abord pensé ; toujours est-il que le bruit
resta assez sourd pour ne pas trop appeler l'attention. Il n'avait simplement pas assez pris garde à sa
tête, qui alla se cogner quelque part ; il la tourna de
côté et, de dépit et de souffrance, la frotta contre le
tapis.

« Il y a quelque chose qui vient de tomber », dit le fondé de pouvoir dans la pièce de gauche. Gregor chercha à imaginer s'il ne pourrait pas un jour advenir au fondé de pouvoir une aventure semblable à la sienne ; c'était au moins une éventualité qu'on ne pouvait pas écarter. Mais, en guise de réponse brutale à cette question, on entendit dans la pièce d'à côté le fondé de pouvoir avancer de quelques pas d'un air décidé en faisant craquer ses souliers vernis. Et dans la pièce de droite, la sœur disait à voix basse pour avertir Gregor : « Le fondé de pouvoir est là. » « Je sais », dit Gregor à part lui, mais il n'osa pas élever suffisamment la voix pour que sa sœur puisse l'entendre.

« Gregor », disait maintenant le père dans la pièce de gauche, « M. le fondé de pouvoir est arrivé et veut savoir pourquoi tu n'es pas parti par le premier train. Nous ne savons que lui dire. Il veut d'ailleurs te parler personnellement. Ouvre donc la porte, s'il te plaît. Il aura la bonté d'excuser le désordre de ta chambre. » « Bonjour, monsieur Samsa », disait aimablement le fondé de pouvoir dans le même temps. « Il est malade », disait la mère au fondé de pouvoir, tandis que le père continuait à parler à la porte, « il est malade, croyez-moi, monsieur le fondé de pouvoir. Autrement, comment Gregor aurait-il fait pour manquer un train ? C'est un garçon qui n'a rien d'autre en tête que son métier. Je suis même contrariée qu'il ne sorte jamais le soir ; il vient de passer huit jours à la ville, eh bien, aucun soir il n'a quitté la maison. Il reste à table avec nous à lire tranquillement le journal ou à étudier les indicateurs. Sa plus grande distraction, c'est un peu de menuiserie. Dernièrement, il a fabriqué un petit cadre en deux ou trois soirées ; vous auriez peine à croire comme

c'est joli ; il l'a accroché dans sa chambre. Vous allez
le voir dès qu'il aura ouvert sa porte. Je suis d'ailleurs
heureuse que vous soyez là, monsieur le fondé de
pouvoir ; à nous seuls, nous n'aurions pas pu décider
Gregor à ouvrir sa porte ; il est si têtu ; et il est
certainement malade, bien qu'il ait prétendu le
contraire ce matin. » « J'arrive tout de suite », dit
Gregor avec une lenteur circonspecte ; mais il restait
immobile pour ne pas perdre un mot de la conversation. « Je ne puis en effet m'expliquer la chose
autrement, madame », dit le fondé de pouvoir, « j'es-
père que ce n'est rien de grave. Encore que je doive
ajouter que nous autres gens d'affaires soyons souvent
obligés, par bonheur ou par malheur, comme vous
voudrez — de ne tenir aucun compte d'une petite
indisposition, par conscience professionnelle. »
« Alors, vas-tu maintenant laisser entrer M. le
fondé de pouvoir ? », demanda le père avec impatience, en frappant à nouveau à la porte. « Non », dit
Gregor. Dans la pièce de gauche, il se fit un pénible
silence, dans la pièce de droite, la sœur se mit à
sangloter.

Pourquoi la sœur n'allait-elle pas rejoindre les
autres ? Elle venait probablement de sortir tout juste
du lit et n'avait pas commencé à s'habiller. Et
pourquoi donc pleurait-elle ? Parce qu'il ne se levait
pas pour ouvrir au fondé de pouvoir, parce qu'il
risquait de perdre son poste, parce que le patron allait
demander à nouveau à ses parents le paiement de leur
dette ? C'étaient là provisoirement des soucis inutiles.
Gregor était encore là et ne songeait pas le moins du
monde à abandonner sa famille. Pour l'instant, il est
vrai, il était là, couché sur le tapis et, en le voyant
dans cet état, personne n'aurait pu exiger sérieusement qu'il fasse entrer le fondé de pouvoir. Mais ce

n'était pourtant pas à cause de ce petit manque de courtoisie, pour lequel on trouverait plus tard facilement une excuse, qu'on allait mettre Gregor à la porte. Et Gregor avait l'impression qu'il serait beaucoup plus raisonnable pour l'instant de le laisser tranquille, plutôt que de l'accabler de larmes et d'exhortations. Mais c'était l'incertitude qui les angoissait ainsi et qui excusait leur attitude.

Maintenant, le fondé de pouvoir élevait la voix : « Monsieur Samsa », criait-il, « que se passe-t-il ? Vous vous barricadez dans votre chambre, vous ne répondez que par oui et par non, vous causez inutilement de grands soucis à vos parents et vous négligez vos obligations professionnelles, soit dit en passant, d'une façon proprement inouïe. Je parle ici au nom de vos parents et de votre directeur et je vous prie très sérieusement de nous donner à l'instant même une explication claire. Je suis étonné, très étonné. Je croyais vous connaître comme un homme calme et raisonnable et voilà que tout à coup vous semblez vouloir vous faire remarquer par vos extravagances. Le directeur suggérait bien, ce matin, une explication possible de votre absence — il s'agit des encaissements qu'on vous a confiés depuis quelque temps —, mais je lui ai presque donné ma parole que cette explication ne pouvait pas être la bonne. Mais maintenant, je suis témoin de votre incompréhensible entêtement et cela m'ôte tout désir de prendre en quoi que ce soit votre défense. Et votre situation n'est pas du tout des plus solides. J'avais d'abord l'intention de vous dire cela en tête à tête, mais, puisque vous me faites perdre mon temps inutilement, je ne vois plus pourquoi monsieur votre père et madame votre mère ne l'entendraient pas, eux aussi. Sachez donc que vos résultats n'ont pas du tout été satisfaisants ces der-

niers temps ; ce n'est pas évidemment une saison
propice aux affaires, nous sommes tout prêts à le
reconnaître. Mais une saison sans affaires du tout,
cela n'existe pas, monsieur Samsa, cela ne doit pas
exister. »

« Mais, monsieur le fondé de pouvoir », s'écria
Gregor hors de lui, tandis que son émotion lui faisait
oublier tout le reste, « je vous ouvre tout de suite, je
vous ouvre à l'instant même. Une légère indisposition,
un accès de vertige, m'ont empêché de me lever. Je
suis encore au lit. Mais maintenant je me sens à
nouveau frais et dispos. Je viens de sortir du lit.
Encore un petit instant de patience ! Cela ne va pas
encore aussi bien que je pensais. Mais je me sens déjà
tout à fait bien. Comme ces choses arrivent brusquement ! Hier soir, j'allais très bien, mes parents le
savent. Ou plutôt, déjà hier soir, j'ai eu un petit
pressentiment. On aurait dû s'en rendre compte.
Pourquoi n'ai-je pas prévenu au magasin ? Mais on
imagine toujours qu'on peut venir à bout du mal sans
garder la chambre. Monsieur le fondé de pouvoir,
épargnez mes parents ! Tous les reproches que vous
venez de me faire sont dénués de fondement ; on ne
m'en avait jamais parlé. Peut-être n'avez-vous pas lu
les dernières commandes que je vous ai envoyées.
D'ailleurs, je vais partir par le train de 8 heures ; ce
repos de quelques heures m'a rendu toutes mes forces.
Ne perdez pas votre temps, monsieur le fondé de
pouvoir ; dans un instant, je serai au magasin, ayez
l'obligeance de le dire au directeur et de lui présenter
mes devoirs. » En tenant précipitamment ces propos
et sans trop savoir ce qu'il disait, Gregor s'était sans
trop de difficulté rapproché de la commode, sans
doute en tirant profit de l'expérience qu'il avait
acquise dans son lit et il essayait de se redresser en

prenant appui sur le meuble. Il voulait en effet ouvrir
la porte, il voulait se faire voir et parler au fondé de
pouvoir ; il était curieux de savoir ce que tous ces gens
qui exigeaient sa présence allaient dire en le voyant.
S'il les effrayait, il cessait d'être responsable et pouvait être tranquille, et s'ils prenaient bien la chose,
il n'avait aucune raison de s'inquiéter et pouvait fort
bien être à 8 heures à la gare, s'il se dépêchait. Il glissa
d'abord plusieurs fois de la commode ; mais, en
prenant un dernier élan, il parvint à se lever. Il ne
prêtait plus attention à ses douleurs dans le bas-
ventre, bien qu'elles fussent très vives. Il se laissa
tomber sur le dossier d'une chaise qui était à proximité et se retint en s'agrippant sur les bords avec ses
petites pattes. Ce faisant, il avait repris le contrôle de
lui-même et il restait silencieux, car il était maintenant en mesure d'écouter le fondé de pouvoir.

« Avez-vous pu comprendre le moindre mot ? »,
demandait celui-ci aux parents. « J'ai bien l'impression qu'il se moque de nous. » « Mon Dieu », s'écriait
la mère au milieu des larmes, « il est peut-être
gravement malade et nous le mettons à la torture.
Grete ! Grete ! », cria-t-elle ensuite. « Maman ? »
s'écria la sœur de l'autre côté. Elles s'interpellaient à
travers la chambre de Gregor. « Va tout de suite
chercher le médecin. Gregor est malade. Vite chez le
médecin ! Tu as entendu comment Gregor parle ? »
« C'était une voix de bête », dit le fondé de pouvoir —
on s'étonnait, après les cris de la mère, de l'entendre
parler si bas. « Anna ! Anna ! » criait le père dans la
cuisine à travers le vestibule en frappant dans ses
mains, « va immédiatement chercher un serrurier ! »
Et déjà les deux jeunes filles traversaient le vestibule
dans un froissement de jupes — comment Grete avait-
elle fait pour s'habiller si vite ? — et ouvraient

précipitamment la porte d'entrée ; on ne l'entendit pas
retomber, elles avaient dû la laisser ouverte, comme
on fait dans les maisons où s'est produit un grand
malheur.

Mais Gregor était devenu beaucoup plus calme. On
ne comprenait plus ce qu'il disait, bien que ses propos
lui parussent clairs, plus clairs que la première fois,
probablement parce que son oreille s'y était faite.
Mais on se rendait compte au moins qu'il n'allait pas
pour le mieux et on s'apprêtait à lui venir en aide.
L'assurance et la confiance avec laquelle les premières
mesures avaient été prises le réconfortaient. Il se
sentait ramené dans un cadre humain et il attendait
des deux personnes, du médecin et du serrurier, sans
bien faire la différence entre les deux, des solutions
surprenantes et miraculeuses. Afin d'avoir, dans les
conciliabules qui se préparaient, une voix aussi claire
que possible, il toussa un peu pour se dégager la
gorge, tout en s'efforçant de le faire modérément, car
il était possible que déjà cc bruit fût différent d'une
toux humaine ; il n'osait plus en décider par ses
propres moyens. Dans la pièce d'à côté, tout était
cependant devenu silencieux. Peut-être ses parents
étaient-ils assis à table à chuchoter avec le fondé de
pouvoir, peut-être étaient-ils tous penchés à la porte
pour écouter.

Gregor se traîna lentement avec sa chaise jusqu'à la
porte ; là il abandonna le siège, se jeta sur la porte, se
maintint debout en s'appuyant contre elle — le bout
de ses pattes sécrétait une substance collante — et
resta là un instant, à se reposer de son effort. Après
quoi, il essaya avec sa bouche de tourner la clef dans
la serrure. Il semblait malheureusement qu'il n'eût
pas de vraies dents — avec quoi, dès lors, saisir la
clef ? —; en revanche, il avait des mandibules très

robustes ; il parvint grâce à elles à mouvoir la clef, en négligeant le fait qu'il était certainement en train de se blesser, car un liquide brunâtre lui sortait de la bouche, coulait sur la clef et tombait goutte à goutte sur le sol. « Écoutez », disait le fondé de pouvoir dans la pièce d'à côté, « il est en train de tourner la clef. » Ce fut pour Gregor un grand encouragement, mais tous auraient dû crier avec lui, même son père et sa mère : « Hardi, Gregor », auraient-ils dû crier, « vas-y, attaque-toi à la serrure ! » Et à l'idée que tout le monde suivait ses efforts avec une vive attention, il s'accrochait aveuglément à la clef, de toutes les forces qu'il pouvait trouver en lui. A mesure que la clef tournait, il dansait autour de la serrure ; tantôt il se maintenait simplement debout grâce à sa bouche, tantôt, selon l'exigence de l'instant, il se suspendait à la clef ou la tirait en bas de tout le poids de son corps. Le bruit plus clair que fit la serrure quand le pêne céda, réveilla Gregor tout à fait. « J'ai donc pu me passer du serrurier », se dit-il, et il posa la tête sur la clenche pour finir d'ouvrir.

En manœuvrant la porte de cette manière, elle se trouva grande ouverte sans qu'on pût encore l'apercevoir. Il lui fallait contourner lentement l'un des battants avec les plus grandes précautions, s'il ne voulait pas retomber lourdement sur le dos, juste au moment de son entrée dans la pièce. Il était encore tout occupé à ce mouvement difficile, en ne pouvant prêter d'attention à rien d'autre, quand il entendit le fondé de pouvoir pousser un « Oh ! » sonore — on eût dit le mugissement du vent — et il le vit, lui qui était le plus près de la porte, appuyer la main sur sa bouche ouverte et battre lentement en retraite, comme si une force invisible et constante, toujours égale à elle-même, le chassait de cet endroit. Sa mère, dont la chevelure, en dépit de la présence du fondé de pouvoir, avait gardé tout le désordre de la nuit et se hérissait vers le haut de la tête, regarda d'abord le père en joignant les mains, puis fit deux pas vers Gregor et tomba au milieu de ses jupons déployés autour d'elle ; son visage, penché sur sa poitrine, avait entièrement disparu. Le père serra les poings d'un air hostile, comme pour rejeter Gregor dans sa chambre, promena ses regards d'un air incertain d'un bout de la pièce à l'autre, puis il se couvrit les yeux de ses mains et se mit à pleurer avec de gros sanglots qui secouaient sa puissante poitrine.

Gregor n'entra pas dans la pièce ; il resta appuyé sur le battant fermé de la porte, de sorte qu'on ne voyait que la moitié de son corps et par-dessus la porte on pouvait voir sa tête penchée de côté qui essayait d'apercevoir les autres personnages. Le temps s'était éclairci ; on voyait distinctement de l'autre côté de la rue un fragment de l'immense maison noirâtre qui constituait le vis-à-vis — c'était un hôpital — ; des fenêtres disposées régulièrement en perçaient la façade ; la pluie continuait à tomber, mais maintenant en grosses gouttes séparées les unes des autres et qui paraissaient littéralement jetées l'une après l'autre sur le sol. L'abondante vaisselle du petit déjeuner était encore sur la table, car c'était pour le père le principal repas de la journée ; il le prolongeait pendant des heures à lire divers journaux. Au mur d'en face était accrochée une photographie de Gregor, du temps de son service militaire ; elle le représentait en sous-lieutenant, la main sur son épée, souriant d'un air insouciant, semblant exiger le respect pour son maintien et pour son uniforme. La porte du vestibule était ouverte et, comme la porte de l'appar-

tement était ouverte elle aussi, on apercevait le palier
et les premières marches de l'escalier.

« Bon », dit Gregor, tout à fait conscient d'être le
seul à avoir conservé son calme, « je vais tout de suite
m'habiller, emballer la collection et m'en aller. Vous
voulez bien me laisser partir ? vous voulez bien ? Vous
voyez, monsieur le fondé de pouvoir, que je ne suis pas
têtu et que j'aime le travail ; les voyages sont pénibles,
mais je ne pourrais pas m'en passer. Où allez-vous
donc, monsieur le fondé de pouvoir ? Au magasin ?
Oui ? Allez-vous faire un compte rendu fidèle de tout ?
Il peut arriver qu'on soit dans l'instant incapable de
travailler, mais c'est aussi le bon moment pour se
rappeler tout ce qu'on a fait autrefois et pour penser
que, l'obstacle une fois franchi, on ne travaillera
ensuite qu'avec encore plus de zèle et d'application.
J'ai tant de reconnaissance envers M. le directeur,
vous le savez pourtant bien. J'ai d'autre part le
souci de mes parents et de ma sœur. Je suis dans une
mauvaise passe, mais je m'en sortirai. Seulement, ne
me rendez pas les choses encore plus difficiles qu'elles
ne le sont. Prenez mon parti au magasin ! On n'aime
pas les voyageurs, je le sais bien. On pense qu'ils
gagnent un argent fou et qu'ils mènent la belle vie.
C'est parce qu'on n'a pas l'occasion de remettre ce
préjugé en question. Mais vous, monsieur le fondé de
pouvoir, vous avez une meilleure vision de l'ensemble
que le reste du personnel et même, entre nous soit
dit, une vision plus juste que M. le directeur lui-
même, qui, en tant qu'employeur, peut être amené à
avoir le jugement faussé en défaveur d'un employé.
Vous n'ignorez pas que le voyageur, qui n'est presque
jamais au magasin de toute l'année, est facilement
victime de potins, de hasards, de réclamations
dénuées de fondement, et qu'il lui est absolument

impossible de se défendre, puisqu'il ne sait même pas qu'on l'accuse ; et c'est seulement quand il revient chez lui, épuisé par son voyage, qu'il en découvre à ses dépens les conséquences, sans même parvenir jamais à en deviner les causes. Ne partez pas, monsieur le fondé de pouvoir, sans m'avoir dit un mot qui me prouve que vous me donnez raison, au moins en partie ! »

Mais le fondé de pouvoir, dès les premiers mots de Gregor, s'était détourné, avec une moue de dégoût, pour ne plus le regarder que par-dessus son épaule, agitée d'un tremblement nerveux. Et pendant le discours de Gregor, il ne resta pas un instant immobile ; sans le perdre de vue, il battit en retraite vers la porte, mais à petits pas, comme si une interdiction mystérieuse l'empêchait de quitter la pièce. Il était déjà dans le vestibule et, quand il fit le dernier pas hors de la salle de séjour, ce fut d'un mouvement si brusque qu'on aurait pu croire que le plancher brûlait la semelle de ses souliers. Arrivé dans le vestibule, il tendit la main droite loin de lui, du côté de l'escalier, comme si l'attendait là quelque secours surnaturel.

Gregor comprit qu'il ne fallait pas laisser le fondé de pouvoir partir dans cet état, si sa position au magasin ne devait pas être à tout jamais compromise. Ses parents malheureusement ne voyaient pas les choses ainsi ; au cours de ces longues années, ils s'étaient installés dans la conviction que Gregor était casé dans cette affaire pour sa vie entière et, en outre, ils avaient trop à faire de leurs soucis présents pour pouvoir penser à l'avenir. Mais Gregor y pensait. Il fallait arrêter, calmer, convaincre le fondé de pouvoir et finalement le gagner à sa cause, il y allait de l'avenir de Gregor et de sa famille. Si seulement sa sœur avait été là ! Elle était intelligente, elle s'était mise à pleurer

déjà lorsque Gregor était encore tranquillement couché sur le dos. Et le fondé de pouvoir, qui aimait bien
les dames, se serait certainement laissé convaincre par
elle ; elle aurait fermé la porte de l'appartement et lui
aurait montré dans le vestibule l'inanité de sa frayeur.
Mais sa sœur n'était précisément pas là ; Gregor
devait agir seul. Et, sans penser qu'il était possible, et
même probable, que son dernier discours n'ait pas été
compris, il abandonna le battant de la porte, se glissa
par l'ouverture et voulut se diriger vers le fondé de
pouvoir qui s'était déjà agrippé ridiculement des deux
mains à la rampe du palier, mais il retomba aussitôt,
en cherchant un appui, sur l'une de ses pattes, en
poussant un petit cri. A peine cela se fut-il produit
qu'il ressentit pour la première fois dans cette matinée
une impression de bien-être physique ; ses pattes
reposaient sur un sol solide ; elles lui obéissaient à
merveille, comme il le remarqua avec plaisir, et ne
demandaient même qu'à l'emmener où il voulait ; et il
se prenait déjà à croire que la fin de ses maux était
proche. Mais, au même moment, alors qu'il se
balançait sur place en retenant son mouvement tout
près de l'endroit où se trouvait sa mère et qu'il
avançait sur le plancher juste en face d'elle, celle-ci,
qu'on eût dit abîmée en elle-même, se releva d'un
bond, lança les bras en l'air en écarquillant les doigts
et hurla : « Au secours, seigneur Dieu, au secours ! » ;
après quoi, elle garda la tête penchée pour mieux le
voir, puis, en contradiction avec ce geste, se rejeta
comme une folle en arrière, sans se rappeler que la
table mise se trouvait derrière elle ; arrivée près de la
table, dans sa hâte et sa distraction, elle s'assit dessus,
sans paraître s'apercevoir que, de la grande cafetière
renversée, un flot de café se répandait sur le tapis.

« Mère, mère ! », dit Gregor à voix basse, en levant

les yeux vers elle. Le fondé de pouvoir lui était pour
l'instant sorti de l'esprit ; mais, à la vue du café qui
coulait, il ne put s'empêcher de happer à plusieurs
reprises dans le vide avec ses mandibules. Là-dessus,
sa mère se remit à crier, s'écarta de la table et tomba
dans les bras du père qui venait à sa rencontre. Mais
Gregor, en cet instant, n'avait pas le temps de
s'occuper de ses parents ; le fondé de pouvoir était
déjà dans l'escalier ; le menton posé sur la rampe, il se
retournait une dernière fois. Gregor prit son élan pour
tâcher d'être sûr de le rattraper ; le fondé de pouvoir
avait dû pressentir quelque chose, car il sauta plusieurs marches et disparut en poussant un « Ouh ! »,
qui retentit dans toute la cage d'escalier. Mais cette
fuite du fondé de pouvoir eut le malheureux résultat
que le père, qui était resté jusqu'alors relativement
maître de lui, perdit soudain la tête ; au lieu de
rattraper le fondé de pouvoir ou tout au moins
d'empêcher Gregor de le poursuivre, il saisit de la
main droite la canne du fondé de pouvoir, que celui-ci
avait laissée sur une chaise avec son chapeau et son
pardessus, prit de la main gauche un grand journal
qui traînait sur la table et en tapant des pieds, il se mit
en devoir, en brandissant la canne et le journal, de
ramener Gregor dans sa chambre. Aucune prière de
Gregor n'y faisait rien, aucune de ses prières ne
parvenait d'ailleurs à se faire comprendre ; Gregor
avait beau tourner humblement la tête vers lui, son
père tapait des pieds encore plus furieusement. Là-
bas, sa mère, malgré le temps frais, avait ouvert la
fenêtre toute grande et restait penchée au-dehors, la
tête dans ses mains. Entre la rue et la cage d'escalier,
un grand courant d'air se produisit, les rideaux des
fenêtres se soulevèrent, l'air agita les journaux posés
sur la table, quelques feuilles voltigèrent jusque sur le

parquet. Le père chassait Gregor impitoyablement, en poussant des sifflements de sauvage, et Gregor, qui ne s'était pas encore exercé à marcher à reculons ne pouvait se déplacer que très lentement. Si Gregor avait pu faire demi-tour, il se serait trouvé rapidement dans sa chambre, mais il craignait d'exaspérer son père par la lenteur de ce mouvement tournant et redoutait à tout instant le coup de bâton mortel qui pouvait l'atteindre dans le dos ou sur la tête. Mais bientôt, il n'eut plus d'autre ressource, car il s'aperçut avec effroi qu'en marchant ainsi à reculons, il ne parvenait même pas à garder la direction ; il commença donc, en jetant sans cesse de côté et d'autre des regards angoissés vers son père, à faire demi-tour aussi rapidement qu'il le pouvait, c'est-à-dire malgré tout fort lentement. Peut-être son père aperçut-il cette marque de bonne volonté, car il ne chercha pas à le gêner, mais dirigea au contraire le mouvement tournant en l'accompagnant de loin de la pointe de sa canne. Si seulement il avait bien voulu cesser cet insupportable sifflement ! Gregor en perdait tout à fait la tête. Il s'était déjà presque entièrement retourné quand, à force d'entendre ce sifflement, il commit même une erreur et se retourna un petit peu du mauvais côté. Mais quand il fut enfin heureusement parvenu à placer sa tête en face de l'ouverture de la porte, il apparut que son corps était trop large pour passer sans dommage. Naturellement, dans l'état d'esprit où il se trouvait alors, son père fut bien éloigné de penser par exemple à ouvrir l'autre battant de la porte, pour offrir à Gregor un passage suffisant. Son idée fixe était seulement de faire rentrer Gregor dans sa chambre aussi vite que possible. Jamais il n'aurait toléré les préparatifs compliqués dont Gregor avait besoin pour se mettre debout et essayer de

franchir la porte de cette manière. Il poussait au
contraire Gregor, comme s'il n'y avait eu aucun
obstacle en faisant plus de bruit encore qu'auparavant. Gregor avait l'impression que son père n'était
plus seul, mais que plusieurs pères s'étaient ligués
contre lui. Ce n'était vraiment plus le moment de
plaisanter et Gregor se jeta dans l'ouverture de la
porte, sans se soucier du reste. Un côté de son corps se
redressa, il resta pris de travers dans l'ouverture de la
porte, un de ses flancs était entièrement écorché ; de
vilaines taches brunes restèrent sur la porte blanche ;
bientôt, il se trouva coincé et incapable de bouger ;
d'un côté, ses pattes s'agitaient en l'air, de l'autre elles
étaient pressées contre le plancher ; son père lui lança
par-derrière un coup qui parvint à le délivrer, il fut
projeté jusqu'au milieu de la chambre, en perdant son
sang en abondance. La porte fut encore fermée d'un
coup de canne, puis le silence se fit enfin.

II

Ce n'est qu'au crépuscule que Gregor sortit d'un
sommeil semblable à la pâmoison. Il se serait sans
doute de toute manière éveillé peu après, même s'il
n'avait pas été dérangé, car il se sentait suffisamment
reposé et avait eu son saoul de sommeil, mais il lui
sembla avoir été éveillé par des pas furtifs et par le
bruit qu'on faisait en fermant avec précaution la porte
qui menait au vestibule. La lueur des réverbères
électriques se déposait faiblement sur le plafond et sur
la partie supérieure des meubles, mais en bas, là où
était Gregor, tout était plongé dans l'ombre. Lentement, il se traîna du côté de la porte, en tâtant encore
maladroitement autour de lui avec ses antennes, dont

il commençait seulement à comprendre l'utilité, pour
voir ce qui s'était passé. Son côté gauche lui faisait
l'effet d'être une longue cicatrice, qui le tirait désa-
gréablement et sur ses deux rangées de pattes, il était
proprement obligé de boiter. Une de ses pattes avait
d'ailleurs été sérieusement blessée au cours des incidents de la matinée — et c'était un miracle que ce fût
la seule ; la vie s'en était retirée et elle traînait par
terre.

C'est seulement quand il fut parvenu à la porte
qu'il remarqua ce qui l'avait attiré de ce côté-là :
c'était l'odeur de quelque chose de comestible. Il y
avait là une jatte remplie de lait sucré, dans lequel
nageaient de petites tranches de pain blanc. Il se
serait presque mis à rire de plaisir, car sa faim était
encore plus grande que le matin et il plongea aussitôt
sa tête presque jusqu'aux yeux dans le lait. Mais il la
retira bien vite avec déception : non seulement il avait
de la peine à manger à cause de son malheureux côté
gauche — pour manger, il devait, en haletant, faire un
effort du corps entier —, mais en outre, il ne pouvait
plus sentir le lait, qui était autrefois sa boisson
préférée et que sa sœur avait sans doute placé là pour
cette raison ; il se détourna de la jatte presque avec
répugnance et rampa jusqu'au milieu de la chambre.

Dans la salle de séjour, on avait allumé le gaz,
comme Gregor s'en rendit compte par la fente de la
porte ; mais, alors que son père avait l'habitude, à
cette heure du jour, de lire à haute voix à sa mère et à
sa sœur son journal, qui paraissait l'après-midi, on
n'entendait aujourd'hui aucun bruit. Peut-être cette
lecture, dont sa sœur ne cessait de lui parler dans ses
conversations et dans ses lettres, avait-elle été aban-
donnée les derniers temps. Mais partout régnait le
même silence, bien que la maison n'ait certainement

pas été vide. «Quelle vie tranquille menait notre famille», pensa Gregor et, tout en regardant fixement dans le noir, il éprouvait une grande fierté d'avoir pu procurer une telle vie dans un aussi joli appartement à ses parents et à sa sœur. Mais qu'allait-il arriver maintenant, si cette tranquillité, cette satisfaction, ce bien-être allaient s'achever dans l'horreur? Pour ne pas s'abandonner à ces pensées, Gregor préféra prendre du mouvement et se mit à ramper de-ci de-là dans la pièce.

Une fois pendant cette longue soirée, on entrouvrit, puis referma vivement une des portes latérales; un peu plus tard, on recommença avec l'autre porte; quelqu'un avait visiblement envie d'entrer, mais finalement les hésitations l'emportaient. Gregor s'arrêta tout près de la porte de la salle de séjour, bien décidé à faire entrer d'une manière ou d'une autre le visiteur hésitant ou du moins à savoir qui c'était; mais on n'ouvrit plus la porte et Gregor attendit en vain. Le matin, lorsque toutes les portes étaient fermées, tout le monde avait voulu entrer et maintenant qu'il avait lui-même ouvert l'une des portes et qu'on avait certainement dû ouvrir les autres au cours de la journée, personne ne venait et on avait mis les clefs à l'extérieur.

La lumière ne s'éteignit dans la salle que tard dans la nuit et il lui fut dès lors facile de constater que ses parents et sa sœur étaient restés tout ce temps-là à veiller, car on les entendit fort bien s'éloigner tous les trois sur la pointe des pieds. Il était sûr maintenant que personne n'entrerait chez Gregor avant le matin; il avait donc un bon moment pour méditer à son aise sur la nouvelle organisation de son existence. Mais cette grande chambre vide, où il était obligé de rester couché à plat sur le sol, lui faisait peur, sans qu'il

pût en deviner la raison, car c'était la chambre où il
logeait depuis cinq ans — et à la suite d'une décision à
demi consciente et non sans une légère honte, il partit
vivement se coucher sous le canapé, où il se sentit
aussitôt tout à fait à son aise, bien que son dos fût un
peu serré et qu'il lui fût impossible de relever la tête ; il
regrettait seulement que son corps fût trop large pour
pouvoir trouver place tout entier sous le canapé.

Il resta là toute la nuit, qu'il passa pour une part
dans un demi-sommeil, dont la faim le tirait sans cesse
en sursaut, mais pour une part aussi au milieu des
soucis et de vagues espérances, qui le menaient tous à
cette conclusion que le mieux était provisoirement de
se tenir tranquille et d'essayer par de la patience et de
grands ménagements de rendre supportables à sa
famille les désagréments que son état actuel ne
pouvait éviter de lui causer.

De bon matin — il faisait encore presque nuit —,
Gregor eut l'occasion de mettre à l'épreuve la force
des résolutions qu'il venait de prendre, car la porte du
vestibule s'ouvrit et sa sœur, déjà tout habillée, passa
la tête avec une attention inquiète. Elle ne le trouva
pas tout de suite et, lorsqu'elle le découvrit sous le
canapé — pardieu ! il fallait bien qu'il soit quelque
part, il ne pouvait pourtant pas s'être envolé ! — elle
éprouva une telle terreur qu'elle ne put pas maîtriser
ses mouvements et sortit en faisant claquer la porte.
Mais, comme si elle se repentait de son attitude, elle
rouvrit aussitôt et revint sur la pointe des pieds,
comme elle l'aurait fait chez un grand malade ou
même chez un étranger. Gregor avait avancé la tête
jusqu'au bord du canapé et l'observait. Allait-elle
remarquer qu'il n'avait pas touché au lait — et pas du
tout parce qu'il n'avait pas faim — et allait-elle
apporter une autre nourriture qui lui convînt davan-

tage ? Si elle ne le faisait pas d'elle-même, il aimait
mieux mourir de faim que d'attirer là-dessus son
attention ; en dépit de l'envie qui le tenaillait, il
n'aurait voulu pour rien au monde sortir de sous le
canapé, se jeter aux pieds de sa sœur et la supplier de
lui apporter quelque chose de bon à manger. Mais sa
sœur remarqua aussitôt avec étonnement la jatte
pleine, autour de laquelle un peu de lait s'était
répandu ; elle la ramassa immédiatement, mais sans
la toucher directement et, en s'aidant d'un torchon,
elle la porta dehors. Gregor se demandait avec la plus
grande curiosité ce qu'elle apporterait à la place et se
creusait la tête pour l'imaginer. Mais il n'aurait
jamais pu deviner jusqu'où irait la bonté de sa sœur.
Afin de connaître son goût, elle lui apporta tout un
choix de choses comestibles, qu'elle avait étalées sur
un vieux journal. Il y avait là des légumes à moitié
pourris, des os du dîner de la veille, dans une sauce
blanchâtre figée ; des raisins secs et des amandes ; un
fromage que Gregor avait déclaré immangeable
l'avant-veille ; un pain rassis, deux tartines de beurre,
l'une salée, l'autre non. Elle joignit à cela la jatte, qui
semblait une fois pour toutes destinée à Gregor,
qu'elle avait cette fois remplie d'eau. Et par délica-
tesse, parce qu'elle savait que Gregor ne mangerait
pas devant elle, elle s'éloigna promptement et tourna
même la clef pour que Gregor vît bien qu'il pouvait
prendre toutes ses aises. Au moment d'aller vers la
nourriture, les pattes de Gregor se mirent à s'agiter.
Ses blessures devaient être d'ailleurs entièrement
guéries, il ne sentait plus aucune gêne ; il s'en étonna
en songeant qu'il s'était fait au doigt une légère
coupure avec un couteau, il y avait plus d'un mois, et
que cette blessure le faisait encore souffrir deux jours
plus tôt. « Serais-je devenu moins sensible ! », pensa-

t-il, et déjà il avalait goulûment le fromage, qui l'avait
aussitôt attiré de la manière la plus vive au milieu des
autres aliments. Il dévora successivement le fromage,
les légumes et la sauce, et la satisfaction lui faisait
verser des larmes ; mais il n'avait en revanche aucun
goût pour les nourritures fraîches, il n'en pouvait
même pas supporter l'odeur et il traîna même un peu
à l'écart les choses qu'il voulait manger. Il avait fini
depuis longtemps et paressait encore à la même place,
quand sa sœur, pour lui faire comprendre que le
moment était venu de se retirer, tourna lentement la
clef dans la serrure. Il sursauta immédiatement, bien
qu'il fût à moitié endormi et se hâta de regagner le
canapé. Il lui fallut un grand effort sur lui-même pour
y rester pendant le bref moment que sa sœur passa
dans la chambre, car le repas copieux lui avait un peu
gonflé le ventre, il se sentait à l'étroit et avait peine à
respirer. Au milieu de petites crises d'étouffement, les
yeux un peu exorbités, il regardait faire sa sœur qui,
sans pouvoir rien comprendre, ramassait avec un
balai non seulement ses restes, mais aussi les nourritures auxquelles il n'avait pas touché, comme si elles
étaient devenues, elles aussi, inutilisables, et jetait
vivement le tout dans un baquet, qu'elle recouvrit
d'un couvercle de bois, et qu'elle emporta à la hâte.
Elle avait à peine tourné les talons que Gregor sortit
de sous le canapé, pour s'étirer et laisser son ventre se
gonfler.

C'est ainsi que Gregor reçut désormais tous les
jours la nourriture, une fois le matin, quand ses
parents et la bonne dormaient encore, la deuxième
fois après le repas général de midi, car les parents
faisaient à ce moment-là encore une petite sieste et la
sœur envoyait la bonne faire quelque commission. Ils
ne voulaient certainement pas, eux non plus, laisser

Gregor mourir de faim, mais peut-être n'auraient-ils pas supporté d'être informés de ses repas autrement que par ouï-dire ; il est possible aussi que la sœur ait voulu leur épargner une source de tristesse peut-être mineure, car ils avaient déjà bien assez à souffrir.

Gregor ne put jamais savoir grâce à quels prétextes on s'était débarrassé, le premier matin, du médecin et du serrurier ; en effet, comme on ne le comprenait pas, personne, même pas sa sœur, ne pensait qu'il était capable de comprendre les autres et il devait se contenter, quand sa sœur était dans sa chambre, de l'entendre de temps en temps soupirer ou invoquer les saints. C'est seulement plus tard, quand elle se fut un peu habituée à la situation — à laquelle naturellement il était impossible de s'habituer tout à fait —, que Gregor parvint quelquefois à saisir une remarque qui exprimait de la gentillesse ou qui permettait à tout le moins d'être interprétée de la sorte. « Eh bien ! aujourd'hui cela lui a plu », disait-elle, quand Gregor avait fait honneur au repas ou bien, dans le cas contraire, qui se produisait de plus en plus fréquemment : « Voilà qu'il a encore tout laissé. »

Mais, si Gregor ne pouvait apprendre directement aucune nouvelle, il parvenait à glaner des informations dans les pièces voisines et, dès qu'il entendait parler, il se précipitait aussitôt sur la porte en question et s'y collait de tout son long. Les premiers temps, il n'y avait aucune conversation qui ne portât plus ou moins, fût-ce à mots couverts, sur son compte. Pendant deux jours, tous les conciliabules pendant les repas portaient sur la conduite à tenir et, entre les repas, on reprenait le même sujet, car il y avait toujours au moins deux membres de la famille à la maison ; personne ne voulait probablement y rester seul et il était encore moins question de laisser la

maison vide. Quant à la bonne, on ne savait pas
exactement ce qu'elle savait des événements : toujours est-il que, dès le premier jour, elle avait imploré
à genoux la mère de lui donner son congé et, en faisant
ses adieux un quart d'heure plus tard, elle remerciait
de son renvoi comme s'il s'était agi du plus grand des
bienfaits et, sans qu'on le lui eût demandé, elle s'était
engagée par un serment solennel à ne jamais révéler à
personne la moindre chose.

C'est sa sœur désormais qui devait, avec sa mère,
se charger de la cuisine. Il est vrai que cela ne leur
donnait pas beaucoup de mal, car l'appétit avait
disparu. A tout moment, Gregor entendait un membre de la famille en exhorter vainement un autre à
prendre de la nourriture ; il n'obtenait pas d'autre
réponse que : « Merci, j'ai assez », ou une autre
phrase de ce genre. On avait aussi l'impression qu'on
ne buvait pas davantage. La sœur demandait souvent
à son père s'il voulait de la bière et lui proposait
gentiment d'aller en chercher elle-même. Quand
son père ne répondait pas, elle disait, pour lui retirer
tout scrupule, qu'elle pouvait également envoyer la
concierge, mais son père finissait par dire : « Non »
d'un ton ferme et on n'en parlait plus.

Dès le premier jour, le père avait fait à la mère en
même temps qu'à la sœur un exposé sur sa situation
de fortune et sur les perspectives d'avenir. De temps
en temps, il se levait de table et allait chercher dans le
petit coffre-fort Wertheim qu'il était parvenu à sauver
du désastre de son entreprise, cinq ans plus tôt, un
document ou un registre. On l'entendait ouvrir la
serrure compliquée du coffre et la refermer après avoir
trouvé ce qu'il cherchait. Ces explications que donnait
son père étaient sans doute pour une part la première
chose agréable que Gregor entendait depuis le début

de sa captivité. Il avait toujours pensé que son père
n'avait rien pu sauver du tout de cette entreprise ; son
père, à tout le moins n'avait jamais cherché à le
détromper et Gregor d'ailleurs ne lui posait aucune
question. Le souci de Gregor avait toujours été de tout
mettre en œuvre pour faire oublier le plus vite possible
à sa famille la catastrophe qui l'avait privée de tout
espoir. Et il s'était lancé dans le travail avec une
ardeur toute particulière ; de petit commis qu'il était,
il était d'un jour à l'autre devenu voyageur, ce qui
offrait naturellement de tout autres possibilités de
salaire et ses succès professionnels s'étaient aussitôt
traduits en argent liquide, qu'on lui remettait à titre
de provision et qu'il pouvait étaler chez lui sur la
table, devant une famille étonnée et ravie. C'étaient
de belles années et il ne s'en était plus trouvé depuis
qui leur fussent comparables et qui fussent du
moins aussi brillantes, bien que Gregor eût ensuite
gagné tellement d'argent qu'il fut en mesure de
subvenir aux besoins de la famille entière, ce qu'il fit
en effet. Tout le monde s'y était habitué, la famille
aussi bien que Gregor ; on acceptait l'argent avec
gratitude et lui le donnait volontiers, mais il ne régnait
plus autant de chaleur que dans les premiers temps.
Seule sa sœur était restée assez proche de Gregor, et
comme, contrairement à lui, elle aimait la musique et
jouait bien du violon, il avait conçu secrètement le
plan de l'envoyer l'année suivante au Conservatoire,
sans se soucier des frais élevés que cela entraînerait et
qu'on parviendrait bien à couvrir d'une manière ou
d'une autre. Ce Conservatoire revenait fréquemment
dans les entretiens entre le frère et la sœur, pendant
les brefs séjours que Gregor faisait à la ville ; ils n'en
parlaient que comme d'un beau rêve, à peu près
irréalisable, et même ces innocentes allusions

n'étaient guère approuvées des parents, mais Gregor y pensait de la façon la plus précise et il avait formé le projet de l'annoncer solennellement le soir de Noël.

Des pensées de ce genre, fort inutiles dans sa situation présente, lui passaient par la tête lorsqu'il restait debout, collé à la porte, à écouter. Quelquefois, sa lassitude était telle qu'il ne pouvait même plus écouter ; il laissait alors sa tête négligemment cogner contre la porte, mais il ne tardait pas à se reprendre, car même le petit bruit qu'il avait ainsi provoqué avait été entendu à côté et tout le monde s'était tu. « Que fabrique-t-il encore ? », demandait le père au bout d'un moment, en se tournant sans doute vers la porte, et c'est seulement ensuite que la conversation un moment interrompue pouvait reprendre.

Gregor apprit alors, plus qu'il n'était besoin — car son père avait coutume de se répéter souvent dans ses explications, d'une part parce qu'il avait cessé depuis longtemps de s'occuper de ces affaires et d'autre part aussi parce que la mère ne comprenait pas tout du premier coup —, que malgré leurs déboires, il leur restait de l'ancien temps une fortune, assez peu considérable à vrai dire, mais que les intérêts accumulés avaient entre-temps un peu augmentée. On n'avait pas non plus dépensé tout l'argent que Gregor, qui ne gardait pour lui-même que quelques florins, apportait tous les mois, et on avait de la sorte constitué un petit capital. Gregor, derrière sa porte, secouait vivement la tête, tout heureux de cette prévoyance et de cette économie, qu'il ne soupçonnait pas. A vrai dire, il aurait pu, grâce à cet argent excédentaire, continuer à amortir la dette que son père avait contractée envers son patron et le jour où il aurait pu se libérer de son poste se serait considérablement rapproché, mais la façon dont son père en avait disposé était sans nul doute préférable.

En tout cas, cet argent ne suffisait pas pour permettre à la famille de vivre des intérêts ; il eût permis tout au plus de l'entretenir un an ou deux, pas davantage. C'était donc une somme qu'on ne devait pas attaquer et qu'il fallait conserver au cas où, un jour, on en aurait eu besoin, pas autre chose ; quant à l'argent pour la vie courante, il fallait continuer à le gagner. Or, le père se portait bien, assurément, mais c'était un homme âgé, qui avait cessé tout travail depuis cinq ans et, en tout cas, il ne devait pas présumer de ses forces ; ces cinq années avaient été les premières vacances qu'il ait prises dans une vie de labeur, et pourtant rarement couronnée de succès ; il avait beaucoup engraissé et était devenu très indolent. Et ce n'était certainement pas sa vieille mère qui allait gagner de l'argent avec son asthme, elle pour qui un déplacement à travers l'appartement représentait déjà un effort et qui tous les deux jours restait assise sur le sofa à étouffer devant la fenêtre ouverte. Et c'est à sa sœur qu'on allait demander de gagner de l'argent ? à dix-sept ans, c'était encore une enfant, qu'on n'allait certes pas priver de la vie qu'elle avait menée jusqu'ici et qui avait consisté à s'habiller gentiment, à faire la grasse matinée, à donner un coup de main au ménage, à participer à de modestes divertissements et surtout à jouer du violon. Quand la conversation venait à évoquer la nécessité de gagner de l'argent, Gregor était le premier à laisser retomber sa porte et à chercher un peu de fraîcheur sur le canapé de cuir qui se trouvait à côté, tant il était brûlant de confusion et de tristesse.

C'est là qu'il passait souvent des nuits interminables, où il ne dormait pas un seul instant, et utilisait

son temps à gratter le cuir du sofa pendant des heures.
Ou bien il ne reculait pas devant le grand effort qu'il
devait déployer pour pousser une chaise jusqu'à la
fenêtre, se dresser ensuite en rampant jusqu'au
garde-fou et là, bien calé sur son siège, pour rester
appuyé à la croisée, en souvenir manifestement de
l'impression de liberté qu'il éprouvait autrefois quand
il regardait par la fenêtre. Car maintenant, il reconnaissait de moins en moins clairement les objets, dès
qu'ils étaient un peu éloignés ; il ne parvenait même
plus à voir l'hôpital d'en face, qu'il détestait autrefois
pour être trop habitué à le voir ; et s'il n'avait pas su
pertinemment qu'il habitait la Charlottenstrasse, une
rue paisible mais urbaine, il aurait pu croire que sa
fenêtre ne donnait que sur un désert, où le ciel gris et
la terre grise se confondaient indiscernablement. Il
avait suffi à sa sœur, toujours attentive, de voir deux
fois la chaise près de la fenêtre pour la remettre
exactement au même endroit après avoir fait la
chambre ; elle prit même l'habitude de laisser désormais ouvert le battant de la fenêtre intérieure.

Si seulement Gregor avait pu parler à sa sœur et la
remercier de tout ce qu'elle faisait pour lui, il lui
aurait été plus facile de supporter les services qu'elle
lui rendait ; mais, dans la situation actuelle, il en
souffrait. Sa sœur essayait évidemment de dissimuler
autant que possible ce que tout cela avait de pénible
et, naturellement, plus le temps passait, mieux elle y
parvenait ; mais, de son côté, Gregor, lui aussi, voyait
de mieux en mieux ses manèges. Sa seule apparition
était déjà pour lui un terrible moment. A peine était-
elle entrée que, sans prendre le temps de fermer la
porte, tant elle prenait garde à épargner à tout le
monde le spectacle de la chambre de Gregor, elle
courait droit à la fenêtre et en toute hâte, comme si

elle était sur le point d'étouffer, elle l'ouvrait toute grande, puis, même par grand froid, elle restait près de la fenêtre à respirer profondément. Deux fois par jour, elle épouvantait Gregor à courir pareillement et à faire tout ce bruit ; il restait tout ce temps-là à frissonner sous son canapé, tout en sachant fort bien qu'elle lui aurait épargné ce supplice, si seulement elle avait pu rester, la fenêtre fermée, dans la pièce où il se trouvait.

Un jour — il pouvait s'être écoulé un mois depuis la métamorphose de Gregor et sa sœur n'avait donc plus grand motif de s'étonner de son aspect, elle arriva un jour plus tôt qu'à l'ordinaire, elle trouva Gregor en train de regarder par la fenêtre ; il était dressé de tout son haut, immobile, dans une position bien faite pour inspirer la terreur. Gregor ne se serait pas étonné de la voir repartir, car il l'empêchait par sa position d'ouvrir tout de suite la fenêtre ; mais elle ne se contenta pas de ne pas entrer, elle recula épouvantée et ferma la porte à clef ; un étranger aurait vraiment pu penser que Gregor s'était mis à l'affût pour la mordre. Il alla naturellement se cacher aussitôt sous le canapé, mais il fallut attendre midi avant que sa sœur ne revînt, l'air beaucoup plus inquiet qu'à l'ordinaire. Il en conclut que son aspect n'avait pas cessé de lui inspirer de la répugnance, qu'il en serait encore ainsi à l'avenir et que, dès que la plus petite partie de son corps dépassait du canapé, elle devait se faire violence pour ne pas immédiatement prendre la fuite. Afin de lui épargner ce spectacle, il prit un jour un drap de lit, le tira sur son dos jusque sur le canapé — ce qui lui demanda quatre bonnes heures de travail — et le disposa de manière à être entièrement couvert, afin que sa sœur ne pût plus rien voir, même en se baissant. Si elle avait estimé que ce drap n'était pas nécessaire, elle aurait toujours pu le retirer, car il était bien évident que ce n'était pas pour son plaisir que Gregor se coupait ainsi du reste du monde ; mais elle laissa le drap tel qu'il était et Gregor crut même surprendre chez elle un regard de reconnaissance, un jour qu'avec précaution, il avait soulevé légèrement le drap avec sa tête pour voir comment sa sœur appréciait sa nouvelle organisation.

Pendant la première quinzaine, les parents n'avaient pu prendre sur eux d'entrer dans la chambre et il les entendit souvent louer sans réserve le travail de sa sœur, alors qu'autrefois ils s'irritaient fréquemment contre elle, parce qu'ils estimaient qu'elle n'était bonne à rien. Maintenant, ils restaient souvent tous les deux, le père comme la mère, devant la chambre de Gregor, pendant que sa sœur y faisait le ménage, et, à peine était-elle sortie qu'elle devait leur raconter exactement de quoi la chambre avait l'air, si Gregor avait mangé, comment il s'était comporté cette fois-là et si on constatait un léger mieux. Sa mère manifesta d'ailleurs relativement tôt le désir d'aller voir Gregor, mais le père et la sœur l'en dissuadèrent au début par des arguments de raison, que Gregor écoutait avec grande attention et qu'il approuvait pleinement. Plus tard cependant, il fallut la retenir de force et quand elle s'écriait : « Laissez-moi donc voir Gregor, mon pauvre fils, qui est si malheureux ! Vous ne comprenez donc pas qu'il faut que j'aille le voir ? », il pensait qu'il serait peut-être bon malgré tout que sa mère vienne chez lui, pas tous les jours naturellement, mais par exemple une fois par semaine ; elle s'y entendait malgré tout mieux que sa sœur, qui n'était finalement qu'une petite fille, en dépit de tout son courage et qui n'avait peut-être au fond assumé ce travail que par légèreté enfantine.

Le désir qu'avait Gregor de voir sa mère fut bientôt satisfait. Pendant la journée, il ne voulait pas se montrer à la fenêtre, ne fût-ce que par égard pour ses parents; ses quelques mètres carrés de plancher étaient peu de chose pour y ramper, il avait déjà de la peine à rester couché immobile la nuit; il n'éprouva bientôt plus le moindre plaisir à manger; aussi avait-il pris l'habitude, pour se distraire, de se promener sur les murs et au plafond. C'est au plafond qu'il se tenait le plus volontiers; c'était beaucoup mieux que d'être couché sur le plancher; on y respirait plus librement, on se sentait dans tous ses membres agréablement balancé; et, dans l'état d'heureux abandon où il se trouvait là-haut, il lui arrivait, à sa propre surprise, de se laisser tomber pour rebondir sur le plancher. Mais il commandait maintenant son corps naturellement beaucoup mieux qu'au début et ne se faisait pas de mal, même en tombant de si haut. Sa sœur remarqua tout de suite le nouveau passe-temps qu'il avait trouvé — il laissait d'ailleurs des traces de colle sur son passage — et elle se mit en tête de faciliter autant que possible ses mouvements en retirant les meubles qui pouvaient le gêner, c'est-à-dire surtout la commode et le bureau. Mais elle n'était pas en mesure de le faire toute seule; elle n'osait pas demander de l'aide à son père et on ne pouvait pas attendre de secours de la bonne, car cette enfant pouvait avoir tout au plus seize ans; elle tolérait vaillamment la situation depuis qu'on avait donné congé à l'ancienne cuisinière, mais elle avait demandé la faveur de rester barricadée dans la cuisine et de n'ouvrir que sur un ordre exprès; il ne restait donc pas d'autre ressource à la sœur que de faire une fois appel à sa mère, en l'absence du père. La mère arriva donc dans une grande excitation et en poussant des exclamations de joie, qui cessèrent

cependant quand elle fut arrivée devant la chambre
de Gregor. La sœur vérifia naturellement tout d'abord
si tout était en bon ordre avant de laisser entrer sa
mère. Gregor s'était hâté de tirer son drap plus bas
encore qu'à l'ordinaire et de le laisser retomber dans
ses plis ; on eût dit vraiment qu'on l'avait jeté là par
hasard sur le canapé. Gregor s'interdit d'espionner à
travers le drap et renonça pour cette fois à apercevoir
sa mère ; il était déjà suffisamment heureux qu'elle
soit venue. « Tu peux entrer, on ne le voit pas », dit la
jeune fille qui devait probablement tenir sa mère par
la main. Gregor entendit les deux femmes qui
essayaient avec leurs faibles forces de déplacer la
vieille commode, assez lourde malgré tout ; c'était la
sœur qui prenait sur elle le plus gros du travail, sans
tenir compte des objurgations de sa mère, qui craignait qu'elle ne fît un effort. Cela prit beaucoup de
temps. Après un bon quart d'heure de besogne, la
mère déclara qu'il valait finalement mieux laisser la
commode là où elle était ; d'abord, elle était trop
lourde et elles n'en auraient jamais fini avant le retour
du père et s'il fallait la laisser au milieu de la pièce, on
ne ferait qu'empêcher tout à fait Gregor de bouger ; et
d'autre part, il n'était pas sûr qu'en retirant les
meubles on lui rendît service. Elle avait l'impression
du contraire : quant à elle, l'aspect du mur nu lui
serrait le cœur ; pourquoi Gregor n'aurait-il pas la
même impression ? il était depuis longtemps habitué à
ses meubles et pourrait donc se sentir perdu dans une
chambre vide. « Et dans ce cas-là », dit-elle encore
tout doucement — depuis le début, elle chuchotait
presque, comme si elle voulait éviter que Gregor, dont
elle ignorait le refuge, pût même entendre le son de sa
voix ; car, quant au sens de ses propos, elle était sûre
qu'il ne pouvait pas les comprendre — « et dans ce

cas-là, est-ce que nous n'aurions pas l'air, en retirant
les meubles, de renoncer à tout espoir de guérison et
de l'abandonner sans réserve à son sort ? Je pense
qu'il voudrait mieux laisser la chambre exactement
dans l'état où elle était auparavant, pour que Gregor
trouve tout inchangé quand il nous reviendra et oublie
ainsi plus facilement tout ce qui se sera passé entre-
temps. »

En entendant ces propos de sa mère, Gregor se dit
que ces deux mois au cours desquels aucun être
humain ne lui avait adressé la parole, en même temps
que la vie monotone qu'il menait au sein de sa famille
avaient dû lui troubler l'esprit ; sinon, il ne pouvait
plus comprendre comment il avait pu sérieusement
souhaiter qu'on vide sa chambre. Avait-il vraiment
envie que cette pièce chaleureuse, confortablement
remplie de vieux meubles de famille, soit changée en
un repaire dans lequel il pourrait certes ramper
librement dans tous les sens, mais au prix d'un oubli
rapide et total de son ancienne condition d'homme ? Il
était déjà tout près de l'oublier et il avait fallu la voix
de sa mère, qu'il n'avait pas entendue depuis si
longtemps pour qu'il se ressaisisse. Il ne fallait rien
enlever ; tout devait rester en place ; il ne pouvait se
passer de la bonne influence de ses meubles ; et si ses
meubles empêchaient ses absurdes reptations, ce
n'était pas un mal, mais un grand avantage.

Mais la sœur fut malheureusement d'une autre
opinion ; elle avait pris l'habitude, non sans raison, il
est vrai, de se considérer, en face de ses parents,
comme experte pour tout ce qui regardait les affaires
de Gregor et il suffit, cette fois, que sa mère ait
formulé cet avis, pour que Grete insistât non seulement sur l'éloignement de la commode et du bureau,
comme ç'avait été au début son intention, mais sur

celui de tous les meubles, à l'exception de l'indispensable canapé. Si elle formulait cette exigence, ce
n'était naturellement pas seulement par bravade
enfantine ni à cause de la confiance en elle-même
qu'elle avait acquise ces derniers temps de manière si
soudaine et au travers de telles difficultés ; elle avait
aussi observé réellement que Gregor avait besoin de
beaucoup d'espace pour se mouvoir, mais que les
meubles, autant qu'on en pouvait juger, ne lui
servaient au contraire à rien. Mais il était possible que
fût intervenu aussi l'esprit romanesque des jeunes
filles de son âge, qui cherche toujours à se satisfaire de
toutes les occasions ; peut-être s'était-elle laissé inciter
à rendre pire encore la situation de Gregor, afin de
pouvoir faire encore davantage pour lui. Car personne, en dehors de Grete, n'oserait probablement
mettre les pieds dans une pièce où il régnerait tout
seul au milieu de ses murs nus.

Elle ne se laissa donc pas détourner de sa résolution
par sa mère, à qui l'inquiétude qu'elle éprouvait dans
cette pièce ôtait tout esprit de décision et qui ne tarda
pas à garder le silence et à l'aider, dans la mesure de
ses forces, à déménager la commode. Bon, Gregor
pouvait à la rigueur se passer de la commode, mais il
fallait absolument laisser le bureau. Et les deux
femmes avaient à peine quitté la pièce avec la
commode, qu'elles tenaient serrée contre elles en
gémissant sous l'effort, que Gregor passa la tête sous
le canapé pour examiner comment il pourrait lui-
même intervenir, en y mettant autant de tact et de
prudence qu'il lui serait possible. Mais le malheur
voulut que ce fût sa mère qui revînt la première,
pendant que Grete, dans la pièce à côté, les bras
passés autour de la commode, la secouait de droite et
de gauche, sans parvenir naturellement à la déplacer.

Mais la mère n'était pas habituée à la vue de Gregor ;
elle aurait pu en tomber malade ; aussi Gregor se
hâta-t-il de partir à reculons jusqu'à l'autre bout du
canapé ; il ne put toutefois éviter que le drap ne fît un
léger mouvement. Cela suffit pour attirer l'attention
de sa mère ; elle s'arrêta court, resta sur place un
moment, puis partit rejoindre Grete.

Bien que Gregor se soit dit constamment qu'il
n'arrivait rien d'extraordinaire et qu'on déplaçait
seulement quelques meubles, il dut bientôt convenir
que ce va-et-vient des deux femmes, les phrases brèves
qu'elles se criaient l'une à l'autre, le grincement des
meubles sur le plancher, que tout cela lui faisait l'effet
d'un remue-ménage, qui ne cessait d'augmenter de
tous les côtés ; et il avait beau replier la tête et les
pattes contre lui et presser son corps contre le sol, il
fut contraint de se dire qu'il ne pourrait pas supporter
cela longtemps. Elles lui vidaient sa chambre, on lui
prenait tout ce à quoi il tenait ; elles avaient déjà
enlevé le meuble où il rangeait sa scie à découper et
ses autres outils, voilà maintenant qu'elles déga-
geaient le bureau profondément enfoncé dans le
plancher, sur lequel il avait écrit ses devoirs lorsqu'il
était à l'école supérieure de commerce, au collège ou
même déjà à l'école primaire ; non, ce n'était plus le
moment de peser les bonnes intentions que les deux
femmes pouvaient avoir ; il avait d'ailleurs presque
oublié leur existence, car, dans leur extrême fatigue,
elles avaient cessé de parler et l'on n'entendait plus
que le lourd martèlement de leurs pas.

Il surgit alors de sa retraite, pendant qu'elles
reprenaient leur souffle dans la pièce voisine,
appuyées sur le bureau — il changea quatre fois la
direction de sa course, sans parvenir à savoir ce qu'il
devait sauver pour commencer ; c'est alors qu'il

aperçut sur le mur l'image de la dame toute couverte de fourrure; elle attira son attention, parce qu'elle restait seule sur le mur nu; il grimpa en toute hâte sur la cloison, se pressa sur le verre, qui adhéra contre lui et dont la fraîcheur fit du bien à son ventre brûlant. Cette gravure, en tout cas, qu'il recouvrait maintenant de son corps, personne ne viendrait la lui prendre. Il fit un effort pour tourner la tête vers la porte du séjour, pour pouvoir observer les deux femmes lorsqu'elles reviendraient.

Elles ne s'étaient pas accordé beaucoup de répit et revenaient déjà; Grete avait pris sa mère par la taille et la portait presque. « Qu'allons-nous emporter, cette fois-ci? », demanda-t-elle en promenant ses regards autour d'elle. C'est alors que ses regards se croisèrent avec ceux de Gregor sur son mur. Elle parvint à garder contenance, sans doute à cause de la présence de sa mère, pencha son visage vers elle, pour l'empêcher de regarder autour d'elle et déclara, toute tremblante et sans prendre le temps de réfléchir : « Viens! retournons donc un instant dans la pièce de séjour. » L'intention de Grete était claire et Gregor la comprit aussitôt : elle voulait d'abord mettre sa mère à l'abri, puis le déloger de son mur. Eh bien! elle n'avait qu'à essayer! Il était couché sur son image et il ne la lâchait pas. Plutôt sauter à la figure de Grete!

Mais les paroles de Grete n'avaient réussi qu'à inquiéter sa mère; elle se détourna et aperçut l'énorme tache brune qui s'étalait sur le papier à fleurs et avant même d'avoir pu reconnaître que ce qu'elle voyait était bien Gregor, elle hurla d'une voix rauque : « Oh! mon Dieu, mon Dieu! », sur quoi elle tomba sur le canapé, les bras en croix, comme dans un geste de total renoncement et resta là immobile. « Oh! Gregor! », cria la sœur en levant le poing et en

le perçant du regard. C'étaient les premières paroles
qu'elle lui eût adressées directement depuis la métamorphose. Elle courut dans la pièce voisine. Elle
partit chercher des sels dans la pièce voisine pour tirer
sa mère de son évanouissement. Gregor voulut aider,
lui aussi — il serait toujours temps plus tard de sauver
l'image —, mais il restait collé au verre et dut faire
un effort pour s'en arracher; puis il courut dans
la pièce voisine, comme s'il avait pu donner un bon
conseil à sa sœur, comme autrefois, mais il dut se
contenter de rester derrière elle sans bouger; en
fouillant parmi divers flacons, elle se retourna et fut à
nouveau saisie d'effroi; un flacon tomba sur le sol et se
brisa sur le plancher : un éclat blessa Gregor au
visage, une médecine corrosive se répandit autour de
lui; Grete, sans s'attarder davantage, saisit autant de
flacons qu'elle pouvait en porter et s'élança avec eux
dans la chambre vers sa mère; d'un coup de pied elle
ferma la porte. Gregor était maintenant séparé de sa
mère; il n'avait désormais plus rien d'autre à faire
qu'à attendre; alors, assailli de remords et d'inquiétude, il se mit à ramper, à ramper sur tout, sur les
murs, les meubles, le plafond pour tomber enfin dans
son désespoir, lorsque toute la pièce se mit à tourner
autour de lui, au milieu de la grande table.

Un instant passa. Gregor restait étendu là, épuisé;
à l'entour, tout était silencieux, peut-être était-ce bon
signe. Mais soudain on sonna. La bonne était naturellement enfermée dans sa cuisine. Grete dut donc aller
ouvrir elle-même. C'était son père. « Qu'est-il
arrivé ? », furent ses premiers mots. Sans doute l'expression de Grete lui avait-elle tout révélé. Grete lui
répondit d'une voix étouffée — elle devait appuyer
sans doute son visage sur la poitrine de son père :
« Ma mère s'est évanouie, mais elle va déjà mieux.

Gregor est sorti. » « Je m'y attendais », dit le père, « je vous l'ai toujours dit, mais vous autres femmes, vous ne voulez jamais rien entendre. » Il fut évident pour Gregor que son père s'était mépris sur les trop brèves paroles de Grete, et croyait qu'il s'était livré à quelque méfait. Gregor devait donc chercher à le calmer ; il n'avait, en effet, ni le temps ni la possibilité de le mettre au courant de ce qui s'était passé ; il se réfugia donc contre la porte de sa chambre et resta appuyé contre elle, afin que son père, en venant du vestibule puisse voir immédiatement qu'il avait les meilleures intentions, qu'il allait retourner tout de suite dans sa chambre, qu'il n'était donc pas nécessaire de l'y contraindre : il suffisait d'ouvrir la porte, il disparaî- trait aussitôt.

Mais le père n'était pas d'humeur à entendre ces finesses. « Ah ! », s'écria-t-il dès qu'il fut entré, à la fois plein de fureur et de joie. Gregor écarta la tête de la porte et la leva vers son père. Il ne l'avait jamais vraiment imaginé tel qu'il était devenu ; il est vrai que, ces derniers temps, à cause de ses promenades d'un genre nouveau, il avait négligé de se soucier des événements dans le reste de la maison et il devait s'attendre à trouver du changement. Il n'empêche, il n'empêche, était-ce bien encore son père ? Était-ce encore l'homme à bout de forces qui restait enfoui dans son lit quand Gregor partait autrefois en voyage professionnel, qui, le soir du retour, l'accueillait en robe de chambre, enfoncé dans son fauteuil, qui n'était même pas capable de se mettre debout et se contentait de lever le bras en signe de joie, et qui, lors des rares promenades familiales, quelques dimanches dans l'année et les jours de grande fête, traînait la jambe péniblement entre Gregor et sa mère, qui faisaient pourtant déjà leur possible pour marcher lentement; cet homme empaqueté d'un vieux manteau, qui avançait péniblement, en prenant précautionneusement appui sur sa canne d'infirme et qui, lorsqu'il voulait dire quelque chose, s'arrêtait presque chaque fois en forçant ceux qui l'accompagnaient à former le cercle autour de lui? Il se tenait tout droit aujourd'hui; il était vêtu du strict uniforme bleu à boutons dorés que porte le personnel des institutions bancaires; au-dessus du grand col raide de sa tunique se déployait son ample double menton; sous ses sourcils en broussaille perçait le regard alerte et attentif de ses yeux noirs; ses cheveux blancs, jadis en désordre, étaient maintenant lustrés et peignés avec soin, avec une raie méticuleusement dessinée. Il jeta sa casquette ornée d'un monogramme doré, sans doute celui d'une banque, à travers la pièce, laquelle, après avoir décrit un arc de cercle, atterrit sur le canapé; après quoi, les mains dans les poches de son pantalon, les pans de son grand uniforme rejetés en arrière, il s'avança vers Gregor, le visage plein de fureur. Il ne savait sans doute pas lui-même ce qu'il voulait faire; toujours est-il qu'il levait les pieds très haut et Gregor s'étonna de la taille gigantesque de ses semelles. Il ne s'arrêta pourtant pas à ce détail, il savait depuis le premier jour de sa vie nouvelle que son père considérait qu'envers lui seule la plus grande sévérité était de mise. Il se mit donc à courir devant son père, à s'arrêter quand son père restait en place, à repartir dès qu'il faisait un mouvement. Ils firent ainsi plusieurs fois le tour de la chambre sans qu'il se passât rien de décisif; comme tout se déroulait lentement, personne n'aurait même pu imaginer qu'il s'agissait d'une poursuite. Gregor resta donc provisoirement sur le plancher, d'autant qu'il pouvait craindre que, s'il avait pris la fuite par les murs ou par le plafond,

son père eût pu voir là un raffinement de méchanceté.
Il dut cependant s'avouer bientôt qu'il ne tiendrait
pas longtemps à cette allure, car, pendant que son
père faisait un pas, il était obligé d'exécuter toute une
série de mouvements. Il commençait à éprouver
quelque difficulté à respirer ; d'ailleurs, même dans les
temps anciens, il n'avait jamais eu les poumons très
solides. Tandis qu'il titubait de la sorte, rassemblant
toutes ses forces pour la course, ouvrant à peine les
yeux, ne pensant plus, dans l'espèce de torpeur où il
était, qu'il y avait pour lui d'autres moyens de salut
que la course, oubliant presque que les murs étaient là
à sa disposition, des murs à vrai dire encombrés de
meubles finement sculptés, pleins de dentelures et de
pointes —, quelque chose vola près de lui, un objet
qu'on venait de lancer avec légèreté et qui se mit à
rouler à ses pieds. C'était une pomme ; une deuxième
la suivit aussitôt ; Gregor resta sur place, terrorisé ; il
était inutile de continuer à courir, car son père avait
résolu de le bombarder. Il avait vidé la coupe de fruits
sur la crédence et s'en était rempli les poches et il
tirait, sans se soucier pour l'instant de bien viser. Ces
petites pommes rouges roulaient sur le sol comme si
elles étaient électrisées et allaient se cogner les unes
contre les autres. Une pomme mollement lancée
effleura le dos de Gregor, et glissa sans provoquer de
dommages ; mais la suivante vint littéralement s'en-
castrer dans son dos ; Gregor voulut se traîner un peu
plus loin, comme si l'épouvantable souffrance qui
venait de le surprendre pouvait s'atténuer par un
changement de lieu ; mais il se sentit cloué sur place et
vint s'étaler sur le plancher dans un complet désarroi
de tous ses sens. Son dernier regard lui permit encore
de voir qu'on ouvrait brusquement la porte de sa
chambre et, devant sa sœur en train de pousser des

cris, il aperçut sa mère qui arrivait — en chemise, car
la jeune fille l'avait déshabillée pour faciliter sa
respiration pendant sa syncope —; il la vit ensuite
courir vers le père, il la vit perdre en chemin tous ses
jupons l'un après l'autre, trébucher sur ses vêtements,
se jeter sur le père, le saisir dans ses bras et enfin, ne
faisant plus qu'un avec lui — mais en cet instant, les
yeux de Gregor cessèrent de voir clair — elle joignit
les mains derrière la tête du père, pour le conjurer
d'épargner la vie de son fils.

III

La grave blessure de Gregor, dont il souffrit pendant plus d'un mois — la pomme, que personne
n'avait osé retirer, restait fichée dans sa chair, comme
un souvenir visible — semblait avoir rappelé à son
père lui-même que Gregor, malgré son triste et
répugnant aspect, n'en demeurait pas moins un
membre de la famille, qu'on ne pouvait pas traiter en
ennemi; le devoir familial exigeait de ravaler sa
répulsion et de le supporter; il suffisait qu'on le
supporte.

Et Gregor avait perdu à cause de sa blessure une
grande partie de son agilité; rien que pour traverser
sa chambre, il lui fallait maintenant de longues, de
très longues minutes; quant à la reptation sur les
murs, il n'y fallait même plus songer. Mais cette
aggravation de son état avait entraîné une compensation, selon lui tout à fait suffisante, dans le fait qu'on
ouvrait maintenant vers le soir la porte de la salle de
séjour, qu'il guettait déjà des yeux depuis une ou deux
heures. Couché dans l'ombre de sa chambre, invisible
de l'autre côté, il pouvait voir maintenant la famille

entière assise à table autour de la lampe; il pouvait
entendre leurs conversations beaucoup mieux qu'autrefois, en quelque sorte avec l'autorisation de tous.

Ce n'étaient certes plus les entretiens animés de
l'ancien temps, que Gregor se remémorait autrefois
avec nostalgie, au moment d'entrer, fatigué de son
labeur, dans les draps humides de sa chambre d'hôtel.
Tout se passait d'ordinaire très silencieusement.
Après le dîner, le père ne tardait pas à s'endormir
dans son fauteuil; la mère et la fille s'exhortaient
mutuellement au silence; la mère, courbée sous la
lampe, cousait de la lingerie fine pour un magasin de
blanc; la fille, engagée comme vendeuse, apprenait le
soir la sténographie et le français, dans l'espoir
d'obtenir peut-être un jour une situation meilleure.
Quelquefois, le père se réveillait et, sans se rendre
compte qu'il avait fait un somme, il disait à la mère:
« Combien de temps as-tu encore passé à ta couture! », sur quoi il se rendormait, tandis que la mère
et la sœur échangeaient un pâle sourire.

Avec une sorte d'entêtement, le père refusait de
quitter son uniforme, même quand il était chez lui, et
tandis que la robe de chambre restait inutilement
pendue au porte-manteau, il sommeillait tout habillé
à sa place, comme s'il était à tout instant prêt à servir
et à prêter l'oreille à la voix de son supérieur.
L'uniforme, qui n'était déjà pas tout neuf lorsqu'il
l'avait reçu, n'était donc pas de la première propreté,
malgré le soin qu'en prenaient la mère et la sœur,
et pendant des soirées entières, Gregor restait assis
à regarder le vêtement couvert de taches, avec ses
boutons dorés toujours bien astiqués, dans lequel le
vieillard dormait inconfortablement et pourtant d'un
sommeil paisible.

Dès que l'horloge sonnait dix heures, la mère

cherchait à réveiller son mari en lui adressant doucement la parole et essayait de l'inciter à gagner son lit,
car ce n'était pas le vrai sommeil, dont le père, qui
reprenait son service à six heures, avait réellement
besoin. Mais, avec l'entêtement dont il faisait preuve
depuis qu'il avait pris du service à la banque, il
insistait pour rester encore à table, tout en continuant
à s'y endormir régulièrement, et il était ensuite très
difficile de l'amener à échanger son fauteuil contre son
lit. La mère et la sœur avaient beau multiplier leurs
petites exhortations pour le décider, il restait encore
des quarts d'heure entiers à hocher la tête, gardait les
yeux fermés et refusait de se lever. La mère le tirait
par la manche, lui disait à l'oreille des choses
gentilles, la sœur quittait son travail pour prêter
main-forte à sa mère : tout cela restait sans effet sur le
père, il ne faisait que s'enfoncer encore plus profondément dans son fauteuil. C'est seulement quand les
femmes le prenaient sous les épaules qu'il ouvrait les
yeux, regardait alternativement sa femme et sa fille
tout en disant d'ordinaire : « On appelle cela une vie !
et c'est là tout le repos de mes vieux jours ? » Et,
appuyé sur les deux femmes, il se levait avec peine,
comme s'il était pour lui-même le fardeau le plus
encombrant, se laissait conduire jusqu'à la porte par
les deux femmes ; arrivé là, il leur faisait signe de
s'éloigner et continuait seul son chemin, tandis que la
mère rangeait en hâte sa couture, la fille son porte-
plume, pour courir derrière le père et continuer à
l'aider.

Qui donc, dans cette famille usée de travail et
recrue de fatigue, avait encore le temps de s'occuper
de Gregor plus qu'il n'était absolument nécessaire ?
On réduisit plus encore le budget du ménage ; on se
décida à renvoyer la bonne ; une énorme femme de

peine au visage osseux, la tête environnée de cheveux blancs, venait le matin et le soir pour les gros travaux ; c'est la mère qui, outre sa couture, s'occupait de tout le reste. Il arriva même qu'on vendît différents joyaux, qui avaient fait autrefois le bonheur de la mère et de la fille, lorsqu'elles les avaient portés lors de leurs sorties et des festivités, ainsi que Gregor l'apprit le soir en entendant la famille commenter les prix qu'on avait obtenus. Mais le plus gros sujet de plainte était toujours qu'il était impossible de quitter l'appartement, devenu trop grand dans la situation actuelle, parce qu'on ne pouvait pas envisager le transport de Gregor. A vrai dire, Gregor comprenait bien que ce n'était pas sa présence qui constituait le principal obstacle à un déménagement, car on aurait pu facilement le transporter dans une caisse appropriée, avec des trous pour lui permettre de respirer ; ce qui empêchait surtout la famille de changer de domicile, était bien plutôt le sentiment de désespoir et l'idée qu'ils avaient été frappés par un malheur sans exemple dans leur parenté et dans leur milieu. Toutes les obligations que le monde impose aux pauvres gens, ils les accomplissaient à fond : le père allait chercher le déjeuner des petits employés de la banque, la mère se tuait à coudre du linge pour des étrangers, la sœur courait derrière son comptoir pour répondre aux ordres des clients, mais leurs forces ne pouvaient pas aller au-delà. Et Gregor recommençait à souffrir de sa blessure dans le dos, quand sa mère et sa sœur, après avoir amené son père jusqu'à son lit, revenaient dans la salle, rapprochaient leurs chaises, restaient joue contre joue, puis quand la mère, en désignant la porte de Gregor, disait à Grete : « Allons ! C'est le moment de fermer ! » et qu'il se trouvait à nouveau dans le noir, tandis que, dans la pièce à côté, les femmes mêlaient leurs larmes ou gardaient les yeux fixés sur la table, sans même verser un pleur.

Gregor passait les jours et les nuits presque entièrement sans sommeil. Il lui arrivait de penser que, la prochaine fois que la porte s'ouvrirait, il recommencerait, tout comme autrefois, à reprendre en main les affaires de la famille ; un jour, après que bien du temps eut passé, il revit en pensée le patron et le fondé de pouvoir, les commis et les apprentis, le garçon de bureau, qui avait l'intelligence si courte, deux ou trois amis employés dans d'autres magasins, une femme de chambre dans un hôtel de province — un souvenir fugitif, qui lui était resté cher —, la caissière d'une chapellerie, à laquelle il avait fait sérieusement, mais trop lentement, la cour — tous lui revinrent à l'esprit, mêlés à des étrangers ou à des gens qu'il avait perdus de vue ; mais au lieu de venir en aide à sa famille ou à lui-même, ils se détournaient tous de lui et il se félicita de les voir disparaître de sa pensée. Une autre fois, il n'était plus du tout d'humeur à s'occuper de sa famille ; il n'y avait plus en lui que de la fureur à cause du manque de soins dans lequel on le laissait, et, bien qu'il ne pût rien imaginer qui fût capable d'exciter sa faim, il forgeait des plans pour faire irruption à l'office afin d'y prendre tout ce qui, malgré son manque d'appétit, lui revenait de droit. Le matin et à midi, avant de partir pour son travail et sans même se demander ce qui pourrait faire un quelconque plaisir à Gregor, sa sœur poussait du pied dans sa chambre la première nourriture venue, et la balayait le soir, sans se soucier de savoir s'il y avait goûté ou s'il l'avait laissée sans y toucher, ce qui était le cas le plus fréquent. Quant au nettoyage de la chambre, auquel maintenant elle procédait toujours le soir, il eût été difficile d'y passer moins de temps. Des traces

de saleté sillonnaient les murs, des petits tas de
poussière et d'ordure traînaient ici ou là. Les premiers
temps, Gregor s'installait dans les recoins les plus
significatifs, au moment de l'arrivée de sa sœur,
pour lui exprimer de la sorte une manière de reproche. Mais il aurait pu y rester des semaines entières
sans que sa sœur se fût aucunement amendée ; elle
voyait la saleté aussi bien que lui, mais elle était
bien décidée à ne pas y toucher. Et cependant elle
veillait avec une susceptibilité toute particulière,
qui s'était emparée d'ailleurs de toute la famille, à
ce que lui fût réservé l'entretien de la chambre. Un
jour, la mère avait soumis la chambre de Gregor à un
grand nettoyage, qui avait nécessité plusieurs seaux
d'eau — toute cette humidité avait d'ailleurs été pour
Gregor une cause de souffrance et il était resté couché
de tout son long sur le canapé, immobile et plein
d'aigreur — mais le châtiment ne s'était pas fait
attendre. A peine la sœur eut-elle remarqué le changement dans la chambre de Gregor que, se sentant
profondément offensée, elle courut dans la salle de
séjour et, en dépit des adjurations de la mère, qui
levait les deux mains vers le ciel, elle fut saisie d'une
crise de larmes, à laquelle les parents — car le père,
effrayé, s'était naturellement levé, lui aussi, de son
fauteuil — assistèrent d'abord avec un étonnement
impuissant ; puis l'agitation les gagna à leur tour ; le
père, à droite, faisait des reproches à la mère, parce
qu'elle n'avait pas laissé à sa fille le soin du nettoyage ;
à gauche, il interdisait à Grete de toucher désormais à
la chambre de Gregor ; il ne se connaissait plus à force
d'énervement et la mère cherchait à l'entraîner dans
la chambre à coucher ; Grete, secouée de sanglots,
tapait sur la table avec ses petits poings ; et Gregor
sifflait de rage, parce que personne ne songeait à

fermer la porte et à lui épargner ce spectacle et ce vacarme.

Mais même si la sœur, épuisée par son travail professionnel, s'était lassée de s'occuper de Gregor comme elle le faisait auparavant, la mère n'aurait pas eu besoin de le faire à sa place, sans que Gregor fût pour autant négligé. Car il y avait maintenant la femme de peine. Cette vieille veuve avait sûrement dû, charpentée comme elle était, supporter les pires épreuves au cours de sa longue vie et elle n'éprouvait pas de véritable répugnance devant Gregor. Bien qu'elle ne fût pas curieuse, elle avait une fois ouvert par hasard la porte de la chambre, et, à la vue de Gregor, qui, tout à fait étonné, s'était mis à courir, bien que personne ne l'eût chassé, elle était demeurée stupéfaite, les deux mains jointes dans son giron. Depuis, elle ne négligeait jamais, soir et matin, d'entrouvrir la porte et de jeter un coup d'œil sur Gregor. Au début, elle l'appelait en se servant de mots qu'elle devait probablement considérer comme amicaux, tels que : « Arrive ici, vieux bousier ! » ou « Regardez-moi ce vieux bousier ! » Gregor ne répondait pas à ces interpellations, il restait immobile à sa place, comme si on n'avait pas ouvert la porte. Si seulement on avait donné l'ordre à cette domestique de nettoyer sa chambre tous les jours, au lieu de la laisser le tourmenter inutilement ! Un jour, de grand matin — une violente pluie, peut-être annonciatrice de la venue du printemps, frappait contre les vitres — Gregor fut à tel point irrité contre la domestique, qui s'apprêtait à lui tenir ses propos ordinaires, qu'il se tourna vers elle, d'un mouvement à vrai dire lent et gauche, mais comme pour l'attaquer. Mais la domestique, au lieu d'avoir peur, souleva seulement une chaise qui se trouvait à proximité de la porte et, à la

voir là, debout, la bouche grande ouverte, on comprenait que son intention était de ne refermer la bouche
que quand le siège se serait abattu sur le dos de
Gregor. « Eh bien ! c'est tout ? », demanda-t-elle, en
voyant Gregor faire demi-tour, puis elle remit tranquillement la chaise dans son coin.

Gregor ne mangeait presque plus. Quand il passait
par hasard à côté de la nourriture qu'on lui avait
préparée, il en prenait seulement un morceau dans la
bouche, par manière de jeu, l'y gardait plusieurs
heures pour le recracher ensuite. Il pensa d'abord que
c'était la tristesse qu'il éprouvait à cause de l'état de
sa chambre qui l'empêchait de manger ; mais c'était
précisément avec ces transformations qu'il s'était
aisément réconcilié. On s'était habitué à empiler dans
cette chambre tous les objets qu'on ne pouvait pas
mettre ailleurs et il y en avait un grand nombre, car
on avait loué une pièce de l'appartement à trois
messieurs. Ces messieurs d'allure grave — tous trois
portaient la barbe, comme Gregor le constata un jour
à travers la fente de la porte — exigeaient un ordre
méticuleux, non seulement dans leur chambre, mais,
puisqu'ils avaient loué à cet endroit, dans tout le
ménage et en premier lieu à la cuisine. Ils ne
toléraient aucun fouillis inutile ni surtout rien de sale.
Ils avaient d'ailleurs apporté eux-mêmes la plus
grande partie de leur équipement. Beaucoup d'objets
étaient de la sorte devenus inutiles, des objets qui
n'étaient pas vendables, mais que malgré tout on ne
voulait pas jeter. Tous prirent le chemin de la
chambre de Gregor. Suivis bientôt par la poubelle où
l'on jetait les cendres et par la boîte à ordures de la
cuisine. Tout ce qui paraissait à première vue inutile,
la femme de peine, toujours pressée, l'enfournait
simplement dans la chambre de Gregor ; celui-ci

n'apercevait heureusement d'ordinaire que l'objet en question et la main qui le tenait. La femme de peine avait peut-être l'intention, quand elle en trouverait le temps ou qu'elle en aurait l'occasion, de venir rechercher ces choses ou de les jeter toutes à la fois ; mais en fait elles étaient restés à l'endroit même où on les avait reléguées le premier jour, à moins que Gregor ne fût venu rôder dans ce bazar et ne l'eût déplacé, ce qu'il fit d'abord contraint et forcé parce qu'il ne lui restait plus aucune place pour bouger, mais ensuite avec un plaisir croissant, encore qu'après ces randonnées, il restât immobile pendant des heures, triste et las à périr.

Comme les locataires prenaient quelquefois également leur repas du soir à la maison dans la salle de séjour, la porte de celle-ci restait parfois fermée, mais Gregor renonçait volontiers à l'ouverture de la porte ; il lui était arrivé, certains soirs où elle était ouverte, de ne pas en avoir tiré parti et de s'être réfugié dans le coin le plus sombre de sa chambre, sans que sa famille s'en fût aperçue. Mais un soir, la femme de peine avait laissé la porte du séjour entrouverte, même quand les trois locataires rentrèrent et qu'on alluma la lumière. Ils allèrent s'asseoir à table, là où jadis le père, la mère et Gregor prenaient leurs repas, ils déplièrent leurs serviettes, prirent en main leur fourchette et leur couteau. La mère apparut aussitôt dans l'ouverture de la porte, portant un plat de viande et immédiatement derrière elle sa fille, avec un échafaudage de pommes de terre sur un autre plat. Les deux mets fumaient l'un et l'autre. Les locataires se penchèrent sur ces plats qu'on venait de poser devant eux, comme pour les examiner, et en effet, celui qui était assis au milieu et auquel les deux autres semblaient concéder de l'autorité, découpa un morceau de viande dans le plat,

manifestement pour vérifier si elle était cuite à point
ou s'il fallait la renvoyer à la cuisine. Il parut satisfait
et la mère et la fille, qui l'avaient regardé faire avec
inquiétude, purent à nouveau respirer et sourire.

La famille elle-même mangeait à la cuisine. Le père
cependant, avant de s'y rendre, entra dans la salle de
séjour et, après s'être une fois incliné, fit le tour de la
table, sa calotte à la main. Les locataires se soulevèrent tous les trois de leur siège en marmonnant
quelque chose dans leur barbe. Lorsqu'ils se trouvè-
rent seuls à nouveau, ils se mirent à manger sans
presque s'adresser la parole. Il parut curieux à Gregor
de discerner parmi les divers bruits du repas celui que
leurs dents ne cessaient de faire en mâchant, comme
s'il s'agissait de lui démontrer qu'il faut des dents
pour manger et que la plus belle mâchoire, quand elle
est édentée, n'arrive à rien. « J'ai de l'appétit », se
disait Gregor pensivement, « mais pas pour ces
choses-là. Comme ces trois locataires savent se nour-
rir, alors que je suis en train de périr ! »

Ce soir-là — Gregor ne se rappelait pas, pendant
tous ces jours, avoir jamais entendu le son du violon
—, ce soir-là, on joua du violon dans la cuisine. Les
locataires avaient terminé leur dîner, celui du milieu
avait tiré un journal, en avait donné une feuille à
chacun des deux autres et maintenant, renversés sur
le dossier de leur chaise, ils lisaient en fumant.
Lorsqu'on commença à jouer du violon, ils tendirent
l'oreille, se levèrent et allèrent sur la pointe des pieds
jusqu'à la porte du vestibule, où ils restèrent debout,
pressés les uns contre les autres. On avait dû les
entendre de la cuisine, car le père s'écria : « Le violon
gêne-t-il ces messieurs ? On peut l'arrêter tout de
suite. » « Au contraire », dit le monsieur du milieu,
« la demoiselle ne voudrait-elle pas entrer et jouer ici

dans la pièce ? c'est bien plus commode et plus
agréable. » « Oh ! je vous en prie », répondit le père,
comme s'il était lui-même le violoniste. Les messieurs
rentrèrent dans la pièce et attendirent. Bientôt arriva
le père avec le pupitre, suivi de la mère avec la
partition et de la sœur avec son violon. La sœur
prépara tout tranquillement pour se mettre à jouer ;
les parents, qui n'avaient jamais loué de chambre
auparavant et qui, à cause de cela, exagéraient la
politesse envers leurs locataires, n'osaient pas s'asseoir sur leurs chaises ; le père restait appuyé à la
porte, sa livrée bien fermée, la main droite entre deux
boutons ; mais un des messieurs proposa une chaise à
la mère qui, laissant le siège là où le monsieur l'avait
posé par hasard, s'assit à l'écart dans un coin.

Grete se mit à jouer ; le père et la mère suivaient
attentivement, chacun de leur côté, le mouvement de
ses mains. Gregor, attiré par la musique, s'était un
peu risqué en avant et il passait déjà la tête dans la
salle. Il s'étonnait à peine d'avoir presque entièrement
cessé, ces derniers temps, de tenir compte des gens ;
jadis, il y mettait son point d'honneur. Et pourtant, il
n'aurait jamais eu plus de raisons de se cacher, car, à
cause de la saleté qui recouvrait toute sa chambre et
qui s'envolait à la moindre occasion, il était lui-même
couvert de poussière ; des fils, des cheveux, des restes
de nourriture traînaient sur son dos et sur ses flancs ;
son indifférence envers tout était bien trop grande
pour qu'il songeât encore, comme il le faisait auparavant plusieurs fois par jour, à se coucher sur le dos
pour se brosser sur le tapis. Et, malgré l'état où il se
trouvait, il n'éprouva aucune vergogne à avancer d'un
pas sur le plancher immaculé de la salle de séjour.

Il faut dire que personne ne prenait garde à lui. La
famille était entièrement prise par le jeu du violon ; les

locataires, en revanche, qui, les mains dans les poches
de leur pantalon, s'étaient tenus tout d'abord si près
du pupitre qu'ils auraient pu lire la partition, ce qui
devait certainement gêner Grete, avaient fini par se
retirer, en baissant la tête et en se parlant à mi-voix,
du côté de la fenêtre, où sous les regards attentifs et
préoccupés du père, ils avaient décidé de rester. On
comprenait maintenant avec une entière évidence
qu'après avoir espéré entendre un beau morceau de
violon ou du moins quelque chose de récréatif, ils
avaient été déçus dans leur attente, qu'ils étaient
lassés de ce concert et qu'ils n'acceptaient plus que
par politesse d'être ainsi dérangés dans leur repos. A
la façon déjà dont tous trois chassaient en l'air par le
nez et par la bouche la fumée de leurs cigares, on
devinait leur grande nervosité. Et Grete pourtant
jouait si bien. Elle avait le visage penché de côté et, de
ses yeux attentifs et tristes, elle suivait les notes sur les
portées. Gregor fit un pas de plus en rampant, la tête
collée au sol, pour essayer de rencontrer son regard.
N'était-il qu'une bête, si la musique l'émouvait pareillement ? Il avait l'impression que s'ouvrait devant lui
le chemin de la nourriture inconnue à laquelle il
aspirait si ardemment. Il était décidé à se frayer un
passage jusqu'à sa sœur, à la tirer par sa jupe pour lui
faire comprendre qu'elle devait venir dans sa chambre
avec son violon, car personne ne saurait profiter de sa
musique autant qu'il s'apprêtait à le faire. Il ne la
laisserait plus quitter sa chambre, aussi longtemps du
moins qu'il resterait en vie ; pour la première fois, son
aspect terrifiant le servirait ; il serait à toutes les portes
à la fois, il cracherait son venin sur les agresseurs ; il
n'exercerait d'ailleurs aucune contrainte sur sa sœur,
elle resterait de son plein gré ; elle s'assiérait à côté de
lui sur le canapé, pencherait l'oreille vers lui ; il lui

confierait alors qu'il avait la ferme intention de l'envoyer au Conservatoire et que, si le malheur n'était pas arrivé, il avait eu le projet de l'annoncer à tout le monde à la Noël dernière (la Noël était bien passée ?), sans s'inquiéter des objections. Émue par cette déclaration, elle fondrait en larmes et Gregor se redresserait jusqu'à la hauteur de son épaule et l'embrasserait dans le cou que, depuis qu'elle travaillait au magasin, elle gardait nu, sans col ni ruban.

« Monsieur Samsa ! », cria au père le monsieur du milieu, sans dire un seul mot ; il désignait de l'index Gregor, qui s'avançait lentement. Le violon se tut, le monsieur du milieu se tourna d'abord vers ses amis en souriant et en hochant la tête, puis il porta à nouveau ses regards du côté de Gregor. Le père trouva plus important, au lieu de chasser Gregor, d'apaiser d'abord ses locataires, bien que ceux-ci ne semblassent nullement nerveux et que Gregor parût les amuser plus que le violon. Il bondit vers eux et chercha, les bras écartés, à les refouler dans leur chambre, tout en masquant avec son corps la vue de Gregor. Ils commencèrent alors à se fâcher un peu, sans qu'on pût savoir si c'était à cause de l'attitude du père ou parce qu'ils venaient soudain de comprendre qu'ils avaient eu, sans le savoir, un voisin de chambre tel que Gregor. Ils demandèrent des explications au père, en levant les bras et en tirant nerveusement sur leur barbe et en ne reculant vers leur chambre que pas à pas. Entre-temps, la sœur était sortie de la torpeur dans laquelle elle était tombée quand son jeu avait été si soudainement interrompu ; après avoir un moment encore tenu mollement dans ses mains son violon et son archet et continué à regarder sa partition, comme si elle jouait encore, elle s'était tout à coup ressaisie, avait déposé son instrument sur les genoux de sa mère

— qui était restée assise sur sa chaise, aux prises avec
un étouffement et qu'on entendait respirer péniblement — et elle s'était précipitée vers la chambre
voisine, dont les locataires, poussés par le père, se
rapprochaient maintenant un peu plus vite. On vit,
sous les mains expertes de la sœur, oreillers et
couvertures voler en l'air et retomber en bon ordre sur
les lits. Les trois messieurs n'avaient pas encore
atteint leur chambre, qu'elle avait déjà terminé de
faire les lits et s'était glissée au-dehors. Quant au père,
il avait été repris à ce point par son entêtement qu'il
finissait par oublier le respect qu'en tout état de cause
il devait à ses locataires. Il continuait à les presser
toujours davantage, jusqu'au moment où le monsieur
du milieu, parvenu déjà au seuil de sa chambre,
frappa violemment du pied sur le sol, obligeant le père
à s'arrêter : « Je déclare », dit-il en levant la main et
en cherchant du regard la mère et la fille, « que, vu les
conditions répugnantes qui règnent dans cet appartement et dans cette famille » — ce disant, il cracha par
terre d'un air décidé —, « je déclare que je vous donne
congé sur-le-champ. Bien entendu, je ne paierai pas
un sou pour les journées où j'ai habité ici. Je vais voir
au contraire si je ne dois pas exiger de vous un
dédommagement, qu'il serait, croyez-moi, très facile
de motiver. » Il se tut en regardant devant lui, comme
s'il attendait encore quelque chose. Effectivement, ses
deux amis reprirent aussitôt la parole : « Nous aussi,
nous vous donnons congé à l'instant même. » Là-
dessus, il saisit la poignée et partit en claquant la
porte.

Le père s'avança vers son fauteuil en tâtonnant et se
laissa tomber. On eût dit qu'il s'allongeait pour sa
petite sieste vespérale, mais sa tête semblait tomber en
avant et aux grands mouvements qu'il faisait, on

voyait qu'il ne dormait pas du tout. Gregor était resté tout ce temps-là à la place où l'avaïent surpris les locataires. La déception que lui causait l'échec de son plan, mais peut-être aussi la faiblesse due à ses jeûnes prolongés l'empêchaient de faire le moindre mouvement. Il redoutait comme une quasi-certitude pour l'instant suivant un total effondrement dont il allait être la victime et il attendait. Même le bruit que fit le violon, que les doigts tremblants de sa mère avaient lâché et qui venait de tomber sur le sol, ne le fit pas sursauter.

« Mes chers parents », dit la sœur en frappant sur la table en manière d'introduction, « cela ne peut plus continuer comme cela. Si vous ne vous en rendez pas compte, j'en suis, quant à moi, convaincue. Je ne veux pas, devant cette horrible bête, prononcer le nom de mon frère et je me contente de dire : il faut nous débarrasser de ça. Nous avons essayé tout ce qui était humainement possible pour prendre soin de lui et pour le tolérer. Je ne crois pas que personne puisse nous faire le moindre reproche. »

« Elle a mille fois raison », dit le père à part lui. La mère, qui ne parvenait toujours pas à retrouver son souffle, se mit à tousser d'une voix caverneuse en tenant sa main devant la bouche, avec une expression hagarde dans les yeux.

La sœur alla vivement vers sa mère et lui tint le front. Le père, à qui les paroles de sa fille semblaient avoir inspiré des idées plus précises, s'était redressé sur son siège, jouait avec sa casquette de service au milieu des assiettes qui étaient restées sur la table après le dîner des locataires et, de temps en temps, il portait ses regards sur Gregor, qui restait immobile.

« Il faut chercher à nous en débarrasser », dit la sœur en s'adressant uniquement à son père, car la

mère, à force de tousser, ne pouvait rien entendre,
« cette chose-là peut encore vous mener tous les deux
dans la tombe, cela ne tardera pas. S'il faut travailler
dur comme nous le faisons tous, on ne peut pas avoir
par-dessus le marché ce supplice perpétuel à la
maison. D'ailleurs, je n'en peux plus. » Et elle fondit
en larmes si violemment que ses pleurs coulaient sur
le visage de sa mère ; Grete les essuyait d'un geste
machinal de la main.

« Mon enfant ! », dit le père d'une voix apitoyée et
en marquant la plus grande compréhension, « mais
que faire ? »

La sœur se contenta de hausser les épaules, car,
depuis qu'elle s'était mise à pleurer, la perplexité
avait remplacé sa précédente assurance.

« Si seulement il nous comprenait », répéta le père
— et en fermant les yeux, il exprimait qu'il partageait
la conviction de sa fille sur l'impossibilité d'une telle
hypothèse —, « s'il nous comprenait, on pourrait
peut-être arriver à un accord avec lui. Mais, dans ces
conditions... »

« Il faut qu'il s'en aille, père », s'écria la sœur, « il
n'y a pas d'autre moyen. Tu n'as qu'à tâcher de te
débarrasser de l'idée qu'il s'agit de Gregor. Tout votre
malheur vient de l'avoir cru si longtemps. Mais
comment pourrait-ce être Gregor ? Si c'était Gregor, il
y a longtemps qu'il aurait compris qu'il est impossible
de faire cohabiter des êtres humains avec un tel
animal, et il serait parti de lui-même. Dans ce cas-là,
nous n'aurions plus de frère, mais nous pourrions
continuer à vivre et nous honorerions sa mémoire.
Tandis que cet animal nous persécute, il fait fuir les
locataires, il veut manifestement prendre possession
de tout l'appartement et nous faire coucher dans la
rue. Regarde, père », cria-t-elle tout à coup, « le voilà

qui recommence ! » Et, dans un accès de peur, qui
resta tout à fait incompréhensible pour Gregor, elle
abandonna sa mère, bondit littéralement hors de sa
chaise, comme si elle préférait sacrifier sa mère plutôt
que de rester à proximité de Gregor et alla se réfugier
derrière son père qui, uniquement affolé par l'attitude
de sa fille, se dressa à son tour, en levant à demi les
bras devant elle comme s'il voulait la protéger.

Mais Gregor n'avait pas le moins du monde
l'intention de faire peur à quiconque, surtout pas à sa
sœur. Il avait simplement commencé à se tourner
pour rentrer dans sa chambre, mais il faut dire que ce
mouvement était bien fait pour attirer l'attention, car,
à cause de sa mauvaise condition physique, il était
obligé, pour prendre les tournants difficiles, de s'aider
de la tête, qu'il soulevait et laissait retomber sur le sol
plusieurs fois de suite. Il s'arrêta et se retourna. On
avait l'air d'avoir reconnu sa bonne intention. Ce
n'avait été qu'un instant d'épouvante. Tout le monde
le regardait maintenant tristement et sans rien dire.
La mère était couchée sur sa chaise, les jambes
étendues et serrées l'une contre l'autre ; le père et sa
fille étaient assis l'un à côté de l'autre, la fille tenait
son père par le cou.

« Je vais peut-être pouvoir tourner maintenant »,
pensa Gregor, en reprenant sa besogne. Il ne pouvait,
dans son effort, réprimer une sorte de halètement et
devait s'arrêter de temps en temps pour se reposer.
Mais personne maintenant ne le pressait ; on le
laissait faire tout seul. Quand il eut terminé son demi-
tour, il recommença aussitôt à battre en retraite droit
devant lui. Il s'étonnait de la grande distance qui le
séparait de sa chambre et ne comprenait pas que,
faible comme il était, il ait pu faire le même chemin un
instant plus tôt sans même le remarquer. Uniquement

soucieux de ramper aussi vite qu'il le pouvait, il s'aperçut à peine qu'aucune parole, aucune exclamation de sa famille ne venait le gêner. C'est seulement quand il fut arrivé à la porte qu'il tourna la tête, pas complètement, car il sentait un raidissement dans le cou, assez cependant pour voir que, derrière lui, rien n'avait changé ; seule sa sœur s'était levée. Son dernier regard frôla sa mère, qui était maintenant tout à fait endormie. Il était à peine arrivé dans sa chambre que la porte fut vivement poussée, verrouillée et fermée à double tour. Ce bruit soudain lui fit une telle peur que ses pattes se dérobèrent sous lui. C'était sa sœur qui s'était précipitée de la sorte. Elle était restée debout à attendre, puis, légère comme elle était, avait bondi en avant ; Gregor ne l'avait même pas entendue venir. « Enfin ! », cria-t-elle à ses parents, après avoir tourné la clef dans la serrure.

« Et maintenant ? », se demanda Gregor en se retrouvant dans le noir. Il ne tarda pas à s'apercevoir qu'il ne pouvait plus bouger du tout. Il n'en fut pas étonné, il lui paraissait plutôt étrange d'avoir pu continuer à se mouvoir jusqu'à présent sur des pattes aussi grêles. Il éprouvait au demeurant une sensation de bien-être relatif. Il avait, il est vrai, des douleurs sur tout le corps, mais il lui sembla qu'elles diminuaient peu à peu et qu'elles allaient cesser. Il ne sentait plus qu'à peine la pomme pourrie incrustée dans son dos ni l'inflammation des parties environnantes, maintenant recouvertes d'une fine poussière. Il pensa à sa famille avec une tendresse émue. L'idée qu'il n'avait plus qu'à disparaître était, si possible, plus arrêtée encore dans son esprit que dans celui de sa sœur. Il resta dans cet état de méditation vide et paisible jusqu'au moment où l'horloge du clocher sonna trois heures. Il vit encore, devant sa fenêtre, le jour arriver peu à peu. Puis, sa tête retomba malgré lui et ses narines laissèrent faiblement passer son dernier souffle.

Lorsque la femme de peine arriva au petit matin — bien qu'on le lui ait défendu, elle claquait les portes si violemment dans son excès de vigueur et de précipitation qu'il n'y avait plus moyen de dormir dans toute la maison dès qu'elle était là —, elle ne trouva tout d'abord rien de particulier, quand elle fit chez Grégor sa brève visite habituelle. Elle pensa qu'il faisait exprès de rester immobile et qu'il jouait à l'offensé, car elle lui prêtait tout l'esprit imaginable. Elle se trouvait tenir son grand balai à la main et elle essaya de le chatouiller depuis la porte. Comme elle n'avait toujours pas de succès, elle se fâcha et se mit à pousser plus fort ; et c'est seulement quand elle vit que Gregor se laissait déplacer sans opposer de résistance qu'elle se mit à y regarder de plus près. Elle eut vite fait de comprendre ce qui s'était passé ; elle ouvrit de grands yeux et se mit à siffler entre ses dents, mais ne s'attarda pas ; elle ouvrit la chambre à coucher, dont elle poussa violemment la porte, en criant à pleine voix dans l'obscurité : « Venez donc voir, la bête est crevée ; elle est là par terre, tout ce qu'il y a de crevée ! »

Le ménage Samsa se redressa dans le lit conjugal ; il lui fallut un moment pour se remettre de la frayeur que venait de leur causer la femme de peine et pour comprendre ce qu'elle venait de leur annoncer. Mais ensuite, M. et Mme Samsa sortirent promptement de leur lit, chacun de son côté ; M. Samsa jeta la couverture sur ses épaules, Mme Samsa était en chemise de nuit ; c'est dans cet appareil qu'ils entrèrent dans la chambre de Gregor. Entre-temps s'était ouverte aussi la porte du séjour, où Grete passait la nuit depuis l'emménagement des locataires ; elle était tout habillée, comme si elle n'avait pas dormi, ce que semblait indiquer aussi la pâleur de son visage. « Mort ? », dit Mme Samsa, en levant les yeux d'un air interrogatif vers la femme de peine, bien qu'elle eût pu aisément le contrôler elle-même ou même le comprendre sans rien contrôler. « Et comment ! », dit la femme de peine, et, pour en administrer la preuve, elle déplaça encore d'un grand coup de balai le cadavre de Gregor. Mme Samsa fit mine de retenir le balai, mais ne termina pas son geste. « Eh bien ! », dit M. Samsa, « nous pouvons rendre grâce à Dieu. » Il se signa et les trois femmes suivirent son exemple. Grete, qui ne pouvait détourner ses regards du cadavre, dit : « Regardez comme il était maigre. Il y avait longtemps qu'il ne mangeait plus rien. La nourriture repartait comme elle était arrivée. » Le corps de Gregor était en effet tout à fait plat et sec ; on ne le remarquait guère que maintenant, où il n'était plus porté par ses petites pattes et où rien ne distrayait plus le regard.

« Viens un moment chez nous, Grete », dit Mme Samsa avec un sourire mélancolique, et Grete, non sans jeter encore un regard sur le cadavre, entra derrière ses parents dans leur chambre à coucher. La femme de peine ferma la porte et ouvrit grand la fenêtre. Malgré l'heure matinale, un peu de tiédeur se mêlait déjà à la fraîcheur de l'air. On approchait de la fin mars.

Les trois locataires sortirent de leur chambre et, d'un air étonné, cherchèrent du regard leur petit déjeuner ; on les avait oubliés. « Où est le déjeuner ? », demanda le monsieur du milieu à la femme de peine d'un air bougon. Mais celle-ci mit son doigt sur sa bouche et sans rien dire fit rapidement signe à ces

messieurs d'entrer dans la chambre de Gregor. Ils
entrèrent donc et les mains dans les poches de leurs
vestons un peu usagés, ils restaient là, dans la pièce
maintenant baignée de soleil, autour du cadavre de
Gregor.

La porte de la chambre à coucher s'ouvrit, et
M. Samsa apparut dans sa livrée, tenant d'un bras sa
femme, de l'autre sa fille. Ils avaient tous un peu l'air
d'avoir pleuré ; Grete appuyait de temps en temps son
visage contre le bras de son père.

« Quittez tout de suite ma maison ! », dit M. Samsa
en montrant la porte, sans quitter le bras des deux
femmes. « Que voulez-vous dire ? », demanda le monsieur du milieu, un peu décontenancé, avec un sourire
doucereux. Les deux autres avaient croisé leurs mains
derrière leur dos et les frottaient sans cesse l'une
contre l'autre, comme s'ils se réjouissaient de voir se
déclencher une grande dispute qui, pensaient-ils, ne
pouvait se terminer qu'à leur honneur. « Je l'entends
exactement comme je viens de vous le dire », répondit
M. Samsa et, les deux femmes et lui sur un rang, il
avança dans la direction du locataire. Celui-ci resta
d'abord immobile, les yeux rivés vers le sol, comme
s'il procédait dans sa tête à un nouvel agencement de
ses pensées. « Eh bien, soit ! nous partons », dit-il
enfin, en levant les yeux vers M. Samsa, comme si,
pris d'un accès d'humilité, il attendait pour cette
décision une nouvelle approbation. M. Samsa se
contenta de hocher la tête à plusieurs reprises en
roulant de gros yeux. Sur quoi, le monsieur s'engagea
en effet à grands pas dans le vestibule ; ses deux amis,
qui s'étaient contentés depuis un bon moment d'écouter sans même bouger les mains, bondirent maintenant littéralement derrière lui, comme s'ils craignaient que M. Samsa ne les devance dans le

vestibule en coupant leur retraite. Arrivés dans le
vestibule, ils prirent tous trois leurs chapeaux au
portemanteau, leurs cannes au porte-cannes, s'incli-
nèrent sans mot dire et quittèrent l'appartement. Pris
d'une méfiance qui devait s'avérer tout à fait immoti-
vée, M. Samsa et les deux femmes s'avancèrent
jusqu'au palier ; appuyés sur la rampe, ils regardèrent
les trois messieurs descendre lentement mais sans
s'arrêter ; à chaque étage, ils disparaissaient à un
certain tournant de la cage d'escalier pour reparaître
quelques instants après ; à mesure qu'ils s'enfon-
çaient, l'intérêt que leur portait la famille Samsa
diminuait peu à peu et lorsqu'ils furent croisés par un
garçon boucher qui montait fièrement l'escalier, son
panier sur la tête, M. Samsa et ses femmes quittèrent
la rampe, l'air soulagé, et rentrèrent chez eux.

Ils décidèrent de consacrer la journée au repos et à
la promenade ; ils avaient bien mérité ce congé, ils en
avaient même absolument besoin. Ils s'assirent donc à
la table et rédigèrent trois lettres d'excuse, M. Samsa
à sa direction, Mme Samsa à son employeur et Grete
à son chef de rayon. La femme de peine entra pendant
qu'ils étaient en train d'écrire, pour déclarer que son
travail du matin était terminé et qu'elle allait partir.
Les trois se contentèrent d'abord de hocher la tête
sans lever les yeux. Mais, comme elle ne partait
toujours pas, ils finirent, non sans irritation, par la
regarder. « Eh bien ? », demanda M. Samsa. La
femme de peine restait dans la porte à sourire, comme
si elle avait quelque chose de très agréable à leur dire,
mais qu'elle attendait, pour le faire, d'avoir été
dûment interrogée. La petite plume d'autruche, dres-
sée presque verticalement sur son chapeau et qui avait
toujours agacé M. Samsa depuis que la femme était à
leur service, s'agitait en tous sens. « Alors, que

voulez-vous donc ? », demanda Mme Samsa, à qui la
femme de peine avait toujours témoigné plus de
respect qu'aux autres. « C'est que », répondit-elle, en
riant de si bonne humeur qu'elle n'était pas en mesure
de continuer sa phrase, « c'est que vous n'avez pas
besoin de vous faire du souci pour la chose d'à côté.
C'est déjà réglé. » Mme Samsa et Grete se replongè-
rent dans leurs lettres, comme si elles voulaient
continuer à écrire ; M. Samsa, en voyant que la femme
de peine s'apprêtait à tout décrire en détail, lui fit un
signe de la main pour l'inviter à s'en abstenir.
Empêchée de raconter son histoire, elle se rappela
tout à coup qu'elle était pressée, s'écria « Adieu, tout
le monde », d'un air manifestement vexé, fit brusquement demi-tour et quitta l'appartement en faisant
claquer les portes avec un bruit effroyable.

« Ce soir, on la met à la porte », dit M. Samsa, sans
obtenir de réponse ni de sa femme ni de sa fille, car la
domestique semblait avoir à nouveau détruit leur
tranquillité fraîchement reconquise. Elles se levèrent,
allèrent à la fenêtre et restèrent là en se tenant
enlacées. M. Samsa se tourna dans son fauteuil, et
resta un petit moment à les observer. Puis, il s'écria :
« Venez donc par ici ! Laissez une fois pour toutes les
vieilles histoires. Et tâchez de penser un peu à moi. »
Les deux femmes lui obéirent aussitôt, allèrent le
rejoindre, le cajolèrent et terminèrent rapidement
leurs lettres.

Sur quoi, tous trois quittèrent ensemble l'appartement, ce qui ne leur était pas arrivé depuis des mois ;
puis, ils prirent le tramway pour faire une excursion à
la campagne. La voiture, dont ils étaient les seuls
passagers, était inondée de soleil. Confortablement
installés sur leurs sièges, ils discutèrent de leurs
perspectives d'avenir et il apparut qu'à y bien regar-

der, elles n'étaient pas si mauvaises ; car leurs situa-
tions à tous trois — c'était un point qu'ils n'avaient
encore jamais abordé entre eux — étaient tout à fait
convenables et surtout très prometteuses pour plus
tard. La meilleure façon d'améliorer leur sort le plus
tôt possible était évidemment de déménager ; ils
loueraient un appartement plus petit et meilleur
marché, mais aussi plus pratique et mieux situé que
leur logement actuel, qui avait été choisi par Gregor.
En parlant ainsi, M. et Mme Samsa remarquèrent
presque simultanément en regardant leur fille, qui
s'animait de plus en plus, que celle-ci, malgré tous les
tourments qui avaient un peu fait pâlir ses joues,
s'était beaucoup épanouie ces derniers temps et
qu'elle était devenue une belle fille plantureuse. Ils se
turent peu à peu et en se comprenant presque à leur
insu par un échange de regards, ils se prirent tous
deux à penser qu'il serait bientôt temps de lui trouver
un brave homme comme mari. Et ils crurent voir une
confirmation de leurs nouveaux rêves et de leurs
beaux projets, quand, au terme du voyage, la jeune
fille se leva la première et étira son jeune corps.

LE SOUTIER

Lorsque le jeune Karl Rossmann, âgé de seize ans,
que ses pauvres parents envoyaient en Amérique,
parce que la bonne l'avait séduit et avait eu un enfant
de lui, arriva dans le port de New York, sur le bateau
qui progressait déjà au ralenti, la statue de la Liberté,
qu'il regardait depuis un bon moment, lui apparut
comme éclairée soudain d'une nappe de lumière. On
eût dit qu'elle venait à l'instant de brandir son bras
armé d'un glaive ; autour de ce grand corps, le vent
soufflait en toute liberté.

« Qu'elle est grande ! », se disait-il, et, comme il en
oubliait d'avancer, le flot sans cesse croissant des
porteurs qui passaient près de lui le repoussait peu à
peu contre le bastingage.

Un jeune homme, dont il avait fait brièvement
connaissance au cours de la traversée, lui dit en
passant à côté de lui : « Vous n'avez donc pas envie
de descendre ? » « Mais si, je suis prêt », lui dit Karl
en riant, et, dans un geste plein de pétulance et parce
que c'était un solide gaillard, il chargea sa malle sur
son épaule. Mais, en portant ses regards sur le jeune
homme qui s'éloignait déjà parmi les autres en
brandissant légèrement sa canne, il s'aperçut soudain
avec consternation que lui-même avait oublié en bas

son parapluie, quelque part dans le bateau. Il
demanda en toute hâte au jeune homme, qui n'en
parut pas ravi, s'il pourrait lui rendre le service de
garder sa malle un instant, il précisa bien du regard
l'endroit où il était pour s'y reconnaître facilement au
retour, puis partit rapidement. Une fois en bas, il fut
déçu de trouver fermé pour la première fois un
passage qui aurait notablement raccourci son chemin ; on avait dû probablement l'interdire à cause du
débarquement général ; il dut donc trouver sa route à
travers une quantité de petites salles, emprunter des
escaliers à perte de vue, passer par des coursives
pleines de tournants, chercher péniblement dans une
pièce vide où il n'y avait plus qu'une table à écrire,
jusqu'au moment où il se trouva entièrement perdu,
car il n'était passé par là qu'une ou deux fois, et
toujours lorsqu'il y avait pas mal de monde. Dans son
désarroi, comme il ne rencontrait pas figure humaine
et n'entendait au-dessus de lui que le bruit de mille
pieds en train de râcler le sol et au loin, semblable à
une respiration, l'ultime ronflement des machines
déjà stoppées, il prit soudain le parti de frapper à la
première porte venue, une petite porte devant
laquelle, après tous ces détours, il était venu aboutir.

« C'est ouvert », cria-t-on de l'intérieur ; Karl
ouvrit la porte avec un véritable soulagement. « Pourquoi frappez-vous comme un sourd ? », demanda une
sorte de géant, en levant à peine les yeux sur Karl.
Une lumière trouble, déjà usée en traversant les
parties hautes du navire, tombait d'une sorte d'écou-
tille, éclairant une minable cabine où un lit, une
armoire, une chaise et l'homme en question étaient
empilés comme dans un garde-meuble. « Je me suis
perdu », dit Karl, « cela ne m'avait pas frappé
pendant la traversée, mais ce bateau est terriblement

grand. » « Ah ! ça, vous pouvez le dire », répliqua
l'homme, non sans fierté ; il ne cessait de fourrager
dans la serrure d'une petite malle, appuyait les deux
mains dessus pour essayer de la fermer et prêtait
l'oreille pour entendre le déclic. « Mais entrez
donc ! », dit encore l'homme, « vous n'allez pas rester
dehors ! » « Je ne vous dérange pas ? », demanda
Karl. « Pourquoi diable me dérangeriez-vous ? »
« Êtes-vous Allemand ? », s'enquit encore Karl pour
plus de sûreté : on lui avait parlé des dangers qui
menacent les nouveaux arrivants en Amérique, surtout de la part des Irlandais. « Oui ! oui ! », dit
l'homme. Karl hésitait encore. L'homme saisit alors
la clenche sans crier gare et, en fermant la porte d'un
coup, tira Karl à l'intérieur. « Je ne tolère pas qu'on
me regarde du couloir », dit l'homme en se remettant
à travailler sur sa malle, « tout le monde passe et
regarde chez vous ; je voudrais bien savoir qui pourrait supporter cela ! » « Mais le couloir est entièrement vide », dit Karl, inconfortablement coincé
contre le montant du lit. « Oui, pour l'instant », dit
l'homme. « Mais il s'agit bien de maintenant », pensa
Karl, « il n'est pas facile de parler à cet homme-là. »
« Étendez-vous donc sur le lit, vous aurez plus de
place », dit l'homme. Karl se glissa du mieux qu'il
put, en riant, et comme il avait manqué une première
fois son coup en essayant de se hisser, il se mit à rire
bruyamment. Mais à peine était-il couché sur le lit,
qu'il s'écria : « Grand Dieu ! j'ai complètement oublié
ma malle. » « Où est-elle ? » « Là-haut sur le pont,
quelqu'un que je connais me la garde. Comment
s'appelle-t-il donc ? » Il tira une carte de visite de la
poche secrète que sa mère avait cousue pour le voyage
dans la doublure de son veston. « Butterbaum, Franz
Butterbaum. » « Vous avez vraiment besoin de votre

malle ? » « Naturellement. » « Mais alors, pourquoi
l'avez-vous donnée à un étranger ? » « J'avais oublié
mon parapluie en bas et j'ai couru le chercher, mais je
ne voulais pas traîner ma malle. Et alors, par-dessus
le marché, je me suis perdu. » « Vous êtes seul ?
Personne ne vous accompagne ? » « Oui, je suis
seul. » « Je ferais peut-être bien de ne pas me séparer
de cet homme-là », pensa Karl tout à coup, « où
pourrais-je trouver un meilleur ami dans l'immédiat ? » « Et maintenant, voilà que vous avez perdu
aussi votre malle. Du parapluie je ne parle même
pas. » Et l'homme s'assit sur la chaise, comme si les
affaires de Karl avaient pris tout à coup de l'intérêt
pour lui. « Mais je ne crois pas encore que ma malle
soit perdue. » « Il n'y a que la foi qui sauve », dit
l'homme, en grattant vigoureusement ses cheveux
noirs, qui étaient drus et coupés court. « Sur le
bateau, les mœurs changent selon les escales. A
Hambourg, votre Butterbaum aurait probablement
surveillé votre malle, ici il n'y en a vraisemblablement
plus la moindre trace. » « Mais alors, il faut que je
remonte tout de suite pour regarder », dit Karl en
cherchant des yeux un moyen pour s'en aller. « Restez
donc ! », dit l'homme en le rejetant sur le lit d'une
brutale bourrade dans la poitrine. « Pourquoi
donc ? », demanda Karl avec irritation. « Mais parce
que cela n'a aucun sens », dit l'homme, « je vais m'en
aller, moi aussi, dans un moment, nous irons ensemble. Ou cet homme-là continue à la garder, et c'est un
imbécile et il n'a qu'à continuer à attendre, ou bien
c'est simplement un homme honnête, et il l'a laissée
en plan ; dans ce cas-là, nous la retrouverons d'autant
plus facilement quand le bateau sera vide. Cela vaut
aussi pour votre parapluie. » « Vous connaissez bien
le bateau ? », demanda Karl avec méfiance ; l'idée

qu'on retrouverait plus facilement ses affaires quand
le bateau serait vide, si convaincante qu'elle parût
d'abord, lui paraissait clocher un peu. « Je pense
bien : je suis soutier », dit l'homme. « Vous êtes
soutier ? », s'écria Karl joyeusement, comme si cette
nouvelle passait son espérance, et il se mit, appuyé sur
son coude, à considérer l'homme de plus près. « Juste
devant la pièce où je dormais avec le Slovaque, il y
avait une lucarne par laquelle on pouvait voir la salle
des machines. » « Oui, c'est là que je travaillais », dit
le soutier. « Je me suis toujours intéressé à la mécani-
que », dit Karl en suivant son idée, « et je serais
certainement devenu ingénieur, si je n'avais pas été
forcé de partir pour l'Amérique. » « Pourquoi donc
étiez-vous forcé ? » « Bah ! », dit Karl, en balayant
toute l'histoire d'un geste de la main. Il regarda le
soutier en souriant, comme s'il sollicitait son indul-
gence pour tout ce qu'il devait lui cacher. « Il doit
bien y avoir une raison », dit le soutier, sans qu'on pût
savoir s'il voulait par ces mots exiger ou éluder une
explication. « Maintenant, je pourrais aussi me faire
soutier », dit Karl, « mes parents se moquent pas mal
de ce que je vais devenir. » « Ma place va être libre »,
dit le soutier, et, pénétré de cette vérité, il enfonça ses
mains dans ses poches, allongeant ses jambes sur le lit
pour s'étirer. Son pantalon gris fer tout plissé paraissait taillé dans du cuir. Karl dut se pousser du côté du
mur. « Vous quittez le bateau ? » « Oui, c'est aujour-
d'hui qu'on prend le large. » « Pourquoi donc ? Cela
ne vous plaît pas ? » « C'est à cause des circonstances.
Peu importe ce qui vous plaît ou ce qui ne vous plaît
pas. D'ailleurs, vous avez raison, cela ne me plaît pas.
Je ne crois pas que vous pensiez sérieusement à vous
faire soutier, mais c'est souvent justement comme cela
qu'on le devient. Je vous le déconseille formellement.

Si vous vouliez faire vos études en Europe, pourquoi
ne pas le faire ici? Les universités américaines sont
incomparablement meilleures que les universités
européennes. » « C'est possible », dit Karl, « mais je
n'ai presque pas d'argent pour faire mes études. J'ai
bien lu quelque part l'histoire de quelqu'un qui
travaillait le jour dans un magasin et qui étudiait la
nuit; il a même passé son doctorat, et je crois bien
qu'il est devenu maire; mais pour cela, il faut
beaucoup de persévérance, n'est-ce pas? J'ai bien
peur de ne pas en avoir assez. Je n'étais d'ailleurs pas
un très bon élève. Je n'ai pas trop regretté de devoir
quitter l'école. Et les écoles d'ici sont peut-être encore
plus sévères. Je ne sais presque pas l'anglais. Et puis,
je crois qu'on a ici un préjugé contre les étrangers. »
« Vous vous en êtes déjà aperçu? Alors, c'est une
bonne chose. Vous êtes mon homme. Regardez, nous
sommes pourtant sur un bateau allemand, il appartient à la Hamburg-Amerika : pourquoi n'y a-t-il pas
ici que des Allemands? Pourquoi le chef-machiniste
est-il roumain? Il s'appelle Schubal. C'est à n'y pas
croire. Et cette canaille nous fait trimer, nous autres
Allemands, sur un bateau allemand! Ne croyez pas »
— l'air lui manquait, il agitait la main dans tous les
sens —, « ne croyez pas que je me plaigne pour le
plaisir. Je sais bien que vous n'avez aucune influence
et que vous n'êtes vous-même qu'un pauvre petit gars.
Mais c'est tout de même trop fort! » Il tapa plusieurs
fois du poing sur la table, sans quitter son poing des
yeux. « J'ai pourtant déjà servi sur beaucoup de
bateaux » — il cita une vingtaine de noms à la suite,
comme s'il s'agissait d'un seul nom; Karl en resta
tout ébahi — « et je me suis toujours distingué, on me
faisait des compliments, j'étais toujours du goût de
mes commandants, j'ai même passé plusieurs années

sur le même voilier de commerce » — il se leva, comme si ç'avait été le point culminant de son existence — « et ici, sur ce rafiot, où tout marche tout seul, où on n'a pas besoin d'être bien malin, je ne vaux plus tripette, Schubal dit que je suis toujours dans ses jambes, je suis un fainéant bon à être mis dehors et qui ne mérite même pas la paye qu'il reçoit. Vous comprenez ? Moi pas. » « Vous ne devez pas accepter cela », dit Karl, tout ému. Il avait presque complètement perdu le sentiment d'être sur le plancher incertain d'un navire, près du rivage d'un continent inconnu, tant il se sentait chez lui sur la couchette du soutier. « Avez-vous déjà été chez le commandant ? Avez-vous cherché à faire valoir votre droit auprès de lui ? » « Ah ! laissez-moi tranquille, allez-vous-en d'ici ! Je ne veux pas de vous ici. Vous n'écoutez même pas ce que je dis et vous vous mêlez de me donner des conseils. Vous me voyez aller chez le commandant ? » Et le soutier se rassit, fatigué, en se prenant le visage dans les mains.

« Je ne peux pourtant pas lui donner de meilleurs conseils », se dit Karl. Il pensait d'ailleurs qu'il aurait beaucoup mieux fait d'aller chercher sa malle, plutôt que de rester ici à donner des conseils que l'on trouvait stupides. Lorsque son père lui avait remis définitivement cette malle, il lui avait demandé en plaisantant : « Combien de temps vas-tu la garder ? » et voilà que cette brave malle était peut-être perdue pour de bon. Son unique consolation était que son père ne pourrait pas savoir grand-chose de sa situation actuelle, même s'il ordonnait une enquête. Tout ce que pouvait dire la compagnie de navigation était qu'il était resté à bord jusqu'à New York. Mais ce que Karl regrettait le plus était d'avoir à peine utilisé les choses qui étaient dans sa malle, bien qu'il ait eu

grand besoin, par exemple, de changer de chemise. Il
avait donc économisé mal à propos ; maintenant qu'il
en était au début de sa carrière et où il aurait dû
paraître proprement habillé, il allait devoir se montrer
avec une chemise sale. Sinon, la perte de ses bagages
n'aurait pas été si terrible ; le costume qu'il avait sur
lui était peut-être même en meilleur état que celui de
la malle, qui n'était qu'un complet de secours, que sa
mère avait encore dû repriser juste avant le départ. Il
se rappela maintenant aussi qu'il y avait encore dans
la malle un morceau de salami de Vérone, que sa
mère avait emballé comme cadeau personnel, mais
dont il n'avait mangé qu'une infime partie, car il
avait été complètement privé d'appétit pendant la
traversée ; la soupe qu'on leur avait servie dans
l'entrepont lui avait amplement suffi. Mais il aurait
bien aimé maintenant pouvoir disposer de ce saucis-
son pour l'offrir au soutier. Car pour gagner les gens
de cette espèce, il suffit de leur glisser quelque bricole ;
Karl avait appris cela de son père, lequel savait
mettre de son côté les employés subalternes avec
lesquels il avait affaire professionnellement en leur
distribuant des cigares. Pour l'instant, Karl n'avait
plus rien d'autre à offrir que son argent, et, maintenant qu'il avait perdu sa malle, il préférait provisoirement ne pas y toucher. Ses pensées revenaient donc à
sa malle et il ne comprenait plus comment il avait pu
veiller sur elle avec une telle attention qu'il en avait
presque perdu le sommeil, pour se la laisser prendre
ensuite si facilement. Il se rappelait les cinq nuits où il
avait constamment suspecté un petit Slovaque, qui
dormait deux couchettes à sa gauche, d'avoir des vues
sur elle. Ce Slovaque épiait sans cesse le moment où
Karl, cédant enfin à la faiblesse, s'assoupirait un
instant pour tirer la malle à lui à l'aide d'une grande

perche, avec laquelle il jouait ou s'exerçait toute la
journée. Le jour, ce Slovaque paraissait assez innocent ; mais, la nuit à peine tombée, il se soulevait de
temps en temps sur sa couche et louchait tristement
dans la direction de la malle. Karl s'en rendait
parfaitement compte, car il y avait toujours quelqu'un
pour céder à l'inquiétude de l'émigrant et allumer ici
ou là un petit lumignon, bien que ce fût interdit par le
règlement du navire ; on cherchait toujours à déchif-
frer les prospectus incompréhensibles des agences
d'émigration. Quand il y avait une lumière de cette
espèce dans son voisinage, Karl parvenait à s'assoupir
un peu ; mais quand elle était loin ou qu'il faisait noir,
il était obligé de garder les yeux ouverts. Cet effort
l'avait épuisé, et voilà qu'il se révélait avoir été
totalement inutile. Ah ! ce Butterbaum, si jamais il la
retrouvait quelque part !

En cet instant, rompant le silence jusqu'alors total,
retentirent dans le lointain de petits coups brefs ; on
eût dit des pas d'enfants ; puis ils se rapprochèrent en
s'amplifiant ; c'étaient maintenant des hommes qui
marchaient tranquillement. Ils avançaient manifestement en file indienne, comme il était naturel dans ce
couloir étroit ; on percevait comme un cliquetis
d'armes. Karl, qui était déjà tout disposé à s'allonger
sur la couchette pour y jouir d'un sommeil où
n'eussent plus figuré ni sa malle ni le Slovaque,
sursauta et poussa le soutier du coude pour attirer son
attention, car la tête du cortège paraissait avoir atteint
la porte. « C'est la musique du bord », dit le soutier,
« ils ont joué là-haut et ils descendent maintenant
faire leurs bagages. Tout est fini, nous pouvons y aller.
Venez ! » Il prit Karl par la main, décrocha encore au
dernier moment un cadre accroché au mur au-dessus
de son lit, une image de la Sainte Vierge ; il la fourra

dans sa poche intérieure, saisit sa mallette et quitta
vivement la cabine en compagnie de Karl.

« Je vais de ce pas au bureau pour dire à ces
messieurs ce que je pense. Il n'y a plus de passagers,
inutile de prendre des gants. » Le soutier répéta ces
propos de diverses manières en essayant au passage
d'écraser du pied un rat qui croisait sa route, mais il
ne fit que le pousser plus rapidement vers son trou,
qu'il atteignit encore à temps. Il était d'ailleurs lent
dans tous ses mouvements ; il avait de grandes
jambes, mais il les mouvait pesamment.

Ils traversèrent une partie des cuisines, où des filles
en tabliers sales — qu'elles faisaient exprès d'arroser
— lavaient la vaisselle dans de grandes cuves. Le
soutier fit signe à une certaine Line, lui passa le bras
autour des hanches et l'entraîna avec lui un bout de
chemin, tandis qu'elle se frottait avec coquetterie
contre son bras. « C'est la paye. Tu viens ? »,
demanda-t-il. « A quoi bon me déranger ? apporte-
,moi plutôt l'argent ici », répondit-elle en se dégageant
et en prenant le large. « Où as-tu donc pêché ce joli
garçon ? », demanda-t-elle encore, mais sans attendre
la réponse. On entendit rire toutes les filles, qui
avaient interrompu leur besogne.

Mais ils avaient continué leur route et étaient
arrivés devant une porte, au-dessus de laquelle se
dressait un fronton, porté par de petites caryatides
dorées. Cela paraissait bien luxueux pour une instal-
lation de bateau. Karl s'aperçut qu'il n'était jamais
venu dans cette partie du navire, qui était probablement réservée pendant la traversée aux passagers de
première et de deuxième classes ; mais on avait
maintenant retiré les portes de séparation en vue du
grand nettoyage. Ils avaient en effet croisé déjà
plusieurs hommes avec un balai sur l'épaule, qui

avaient salué le soutier. Karl s'étonnait de toute cette
agitation dont il n'avait évidemment rien soupçonné
dans son entrepont. Le long des coursives couraient
aussi des fils électriques et une petite clochette
sonnait sans arrêt.

Le soutier frappa respectueusement à la porte et,
lorsqu'on eut répondu « Entrez ! », invita Karl d'un
geste de la main à entrer lui aussi sans crainte. Ce
qu'il fit, mais en restant près de la porte. A travers les
trois fenêtres de la pièce, on voyait les vagues de la
mer et, en contemplant leur mouvement joyeux, son
cœur se mit à battre, comme s'il n'avait pas vu sans
interruption la mer, cinq jours durant. De grands
navires se croisaient, en n'obéissant au mouvement
des vagues qu'autant que leur pesanteur le permettait. Quand on fermait un peu les yeux, on pouvait
croire que cette pesanteur était seule à les faire
osciller. Ils portaient à leurs mâts des pavillons
étroits, mais longs, tendus par le mouvement du
bateau, mais qui voltigeaient cependant dans le vent.
On entendait des salves, tirées sans doute par des
bateaux de guerre ; les canons d'un de ces vaisseaux,
qui passait à proximité, tout étincelants dans le reflet
de leur manteau d'acier, semblaient caressés par le
mouvement, sinon horizontal, du moins paisible et
sûr, du navire. Il était difficile, depuis la porte,
d'apercevoir dans le lointain les petites embarcations
et les chaloupes qui se glissaient en grand nombre
dans les intervalles laissés libres entre les gros navires.
Mais derrière se dressait New York, qui regardait
Karl des cent mille fenêtres de ses gratte-ciel. Oui,
dans cette pièce, on savait où l'on était.

A une table ronde étaient assis trois messieurs ; l'un
était un officier du bord, dans l'uniforme bleu de la
marine ; les deux autres, employés de l'autorité por-

tuaire, portaient l'uniforme noir qu'ils ont en Amérique. Divers documents étaient empilés sur la table,
que l'officier parcourait d'abord, une plume à la
main, avant de les tendre ensuite aux deux autres ;
ceux-ci, tantôt les lisaient, tantôt prenaient des notes,
tantôt les rangeaient dans leurs serviettes, quand du
moins l'un des deux, qui faisait continuellement un
petit bruit avec ses dents, ne dictait pas à son collègue
quelque procès-verbal.

Assis à un bureau près de la fenêtre et tournant le
dos à la porte, un personnage plus petit manipulait de
grands in-folio, rangés devant lui sur une solide
étagère à la hauteur de sa tête. Il avait à côté de lui
une caisse ouverte qui semblait vide, du moins à
première vue. La deuxième fenêtre était inoccupée ;
c'est de là qu'on avait la meilleure vue. A proximité de
la troisième, en revanche, deux messieurs étaient
debout et se parlaient à mi-voix. L'un d'eux, appuyé
au chambranle, portait, lui aussi, l'uniforme de la
marine et jouait avec la poignée de son épée. Son
interlocuteur était tourné du côté de la fenêtre et,
quand il venait à bouger, il découvrait par moments
une partie des décorations que le premier portait sur
sa poitrine. Il était en civil et tenait une mince badine
de bambou ; comme il avait mis les mains sur ses
hanches, la badine pendait de côté, un peu comme
une épée.

Karl eut peu de temps pour observer tout cela, car
un garçon de bureau se dirigea bientôt vers eux et
demanda au soutier ce qu'il voulait ; son regard
semblait signifier qu'il n'avait rien à faire ici. Il avait
parlé à voix basse ; le soutier lui répondit, à voix basse
également, qu'il voulait dire un mot au caissier en
chef. Le garçon de bureau fit aussitôt un geste de
dénégation avec la main ; il se rendit toutefois sur la

pointe des pieds vers le monsieur aux in-folio, en
décrivant un grand arc de cercle autour de la table
ronde. L'homme aux in-folio — comme on put
aisément le constater — se raidit littéralement de
stupeur en entendant le garçon de bureau, puis se
retourna vers celui qui voulait lui parler ; pour lui
exprimer son refus de la manière la plus formelle, il
agita les bras dans la direction du soutier et, pour plus
de sûreté, dans la direction également du garçon de
bureau. Celui-ci revint alors vers le soutier et lui dit
sur le ton de la confidence : « Déguerpissez ! Allez-
vous-en d'ici à l'instant ! »

Le soutier se retourna vers Karl, comme si celui-ci
était son propre cœur et qu'il eût voulu lui confier
toute sa peine. Sans prendre le temps de la réflexion,
Karl se dégagea et se mit à courir en prenant la pièce
par le travers ; il frôla même en passant la chaise de
l'officier ; le garçon de bureau courait courbé en deux,
les bras tendus en avant pour le saisir, comme s'il
chassait une bête malfaisante ; mais Karl arriva le
premier à la table du caissier en chef, à laquelle il
s'agrippa, pour le cas où le garçon de bureau aurait
essayé de l'en arracher.

La pièce ne tarda naturellement pas à s'animer.
L'officier de bord, à sa table, s'était levé d'un bond,
les messieurs de l'autorité portuaire regardaient tranquillement, mais avec attention ; les deux messieurs
de la fenêtre étaient maintenant debout l'un à côté de
l'autre ; l'employé, pensant qu'il n'avait plus lieu
d'intervenir, maintenant que les autorités elles-mêmes
s'intéressaient à l'affaire, avait reculé. Le soutier, à la
porte, attendait, tous ses muscles tendus, le moment
où son aide deviendrait nécessaire. Le caissier en chef,
assis dans son fauteuil, avait opéré un grand mouvement tournant vers la droite.

Karl fouilla dans sa poche secrète, qu'il n'hésita pas à exhiber devant ces gens, et en extirpa son passeport, qu'en guise de présentation il se contenta de poser ouvert sur la table. Le caissier en chef sembla tenir ce passeport pour quantité négligeable, car il l'écarta d'une chiquenaude, sur quoi Karl, estimant cette formalité réglée de manière satisfaisante, le remit dans sa poche.

« Je me permets de dire », commença-t-il, « que selon moi M. le soutier a été victime d'une injustice. Il y a ici un certain Schubal, qui veut lui marcher sur la tête. Lui-même a servi à la satisfaction générale sur de nombreux bateaux, dont il peut vous donner la liste ; il est travailleur, il prend sa tâche à cœur et on n'arrive vraiment pas à comprendre pourquoi il ne ferait pas l'affaire sur ce bateau, où le service n'est pas particulièrement difficile, moins difficile en tout cas que par exemple sur un voilier de commerce. Ce ne peut donc être qu'à la suite de calomnies qu'on a mis obstacle à son avancement et qu'on lui refuse l'estime à laquelle il a droit. Je ne vous ai exposé ici que les grandes lignes de cette affaire ; il va vous dire lui-même le détail de ce dont il se plaint. » Karl s'était adressé à tout le monde par ce discours, parce qu'en fait tout le monde écoutait et parce qu'il lui paraissait plus vraisemblable qu'il se trouve un juste parmi l'ensemble de ces messieurs plutôt que de supposer que le caissier en chef se trouverait par hasard être lui-même ce juste. Par malice, Karl avait en outre passé sous silence le fait qu'il ne connaissait le soutier que depuis si peu de temps. Il aurait d'ailleurs beaucoup mieux parlé s'il n'avait été troublé par le visage rouge de l'homme à la badine de bambou, que, de l'endroit où il se tenait maintenant, il venait seulement d'apercevoir.

« Tout cela est vrai mot pour mot », dit le soutier avant qu'on lui ait posé la moindre question, avant même qu'on ait jeté les yeux sur lui. Cette précipitation du soutier aurait constitué une grave faute, si le monsieur aux décorations qui, comme Karl le comprit tout à coup, ne pouvait être que le commandant, n'avait manifestement déjà résolu à part lui d'entendre le soutier. Il tendit en effet la main en lui disant : « Venez par ici », d'une voix si ferme qu'on eût pu taper dessus à coups de marteau. Tout dépendait maintenant de la conduite du soutier car, que sa cause fût juste, Karl n'en doutait pas un instant.

Il apparut heureusement à cette occasion que le soutier avait déjà beaucoup roulé sa bosse à travers le monde. Du premier coup, il sortit de sa mallette avec un calme exemplaire une petite liasse de papiers ainsi qu'un calepin et, comme si cela allait de soi, il se dirigea vers le commandant sans tenir aucun compte du caissier en chef et déploya ses pièces à conviction sur le rebord de la fenêtre. Le caissier en chef n'eut plus d'autre ressource que d'aller l'y rejoindre. « Cet homme-là », déclara-t-il, « est bien connu comme un éternel quémandeur. Il est plus souvent à la caisse que dans la salle des machines. Il a poussé à bout Schubal, qui est un homme paisible. Écoutez ! », continua-t-il en se tournant vers le soutier, « vous poussez un peu trop loin votre goût de la protestation. Combien de fois a-t-il fallu vous mettre à la porte des bureaux de paye, comme vous le méritez, avec vos revendications totalement et perpétuellement injustifiées ! Combien de fois vous a-t-on vu courir du bureau de paye à la caisse principale ? Combien de fois a-t-il fallu vous rappeler dans votre intérêt que Schubal est votre supérieur immédiat et que c'est avec lui seul que le subordonné que vous êtes doit régler ses affaires ! Et voilà maintenant que vous arrivez en présence du commandant, vous n'avez pas honte de venir l'importuner lui-même ; mieux que cela, vous amenez avec vous comme porte-parole de vos accusations déplacées ce jeune garçon à qui vous avez seriné sa leçon et que je vois d'ailleurs pour la première fois à bord de ce bateau ! »

Karl se retint à grand-peine de bondir en avant. Mais déjà le commandant s'était avancé et disait : « Commençons malgré tout par écouter cet homme-là. Schubal prend un peu trop d'indépendance pour mon goût, ce qui ne veut d'ailleurs rien dire en votre faveur. » Ces derniers mots s'adressaient au soutier, il n'était que trop naturel qu'il ne veuille pas immédiatement prendre son parti ; pourtant, tout semblait en bonne voie. Le soutier commença donc ses explications et sut dès le début rester maître de lui en donnant même du monsieur à Schubal. Que Karl était donc heureux, à la table délaissée par le caissier en chef, où il n'arrêtait pas, dans sa joie, d'appuyer sur le plateau d'un pèse-lettre. M. Schubal était injuste ! M. Schubal favorisait les étrangers ! M. Schubal avait chassé le soutier de la salle des machines et lui avait fait nettoyer les cabinets, ce qui n'est vraiment pas l'affaire d'un soutier ! — Une fois même, on mit en doute les capacités de M. Schubal, plus apparentes que réelles. A cet endroit, Karl regarda le commandant de toutes ses forces, d'un air d'intelligence, comme s'il se fût agi d'un collègue, uniquement dans l'espoir qu'il ne se laisserait pas influencer défavorablement par l'expression un peu maladroite du soutier. Malgré tout, il ne ressortait pas grand-chose de positif de tout ce discours, et si le commandant continuait à regarder droit devant lui avec, dans ses yeux, la ferme résolution d'écouter cette fois le soutier jusqu'au bout, les autres personnes commençaient à s'impatienter et la voix du soutier ne régnait plus sans partage dans la pièce, ce qui pouvait faire craindre le pire. Le monsieur en civil fut le premier à faire agir sa badine en bambou et à frapper — à petits coups, il est vrai — sur le parquet. Les autres messieurs laissaient naturellement errer leur regard ; les messieurs de l'autorité portuaire, visiblement pressés, avaient repris en main leurs dossiers et recommençaient, un peu distraitement toutefois, à les compulser ; l'officier de bord rapprocha sa table et le caissier en chef, qui croyait avoir partie gagnée, manifestait son ironie par de profonds soupirs. Le seul qui parût épargné par le relâchement général de l'attention fut le garçon de bureau, qui compatissait en partie aux souffrances de ce pauvre homme abandonné au milieu des grands et il adressait gravement des signes de tête à Karl, comme s'il voulait lui expliquer quelque chose.

La vie du port continuait cependant à se dérouler sous les fenêtres ; un cargo plat, chargé d'une montagne de barriques qui devaient être merveilleusement arrimées pour ne pas rouler, passa à proximité en plongeant presque la pièce dans l'obscurité ; de petits bateaux à moteur, que Karl aurait pu maintenant regarder à loisir, s'il en avait eu le temps, passaient tout droit en vrombissant, sous l'infime impulsion d'un homme debout au gouvernail. De bizarres objets émergeaient çà et là spontanément de l'eau agitée, puis, à nouveau submergés, disparaissaient sous les regards étonnés ; les chaloupes des transatlantiques se frayaient leur chemin, manœuvrées par des marins qui ramaient ferme ; ils étaient remplis de passagers qui restaient assis là, dans les barques, muets et pleins d'attente, comme on les y avait entassés. Quelques-uns cependant ne pouvaient s'empêcher de tourner la tête pour regarder le spectacle changeant. C'était un mouvement sans fin, une turbulence, qui se transmettait de la mer turbulente aux hommes démunis et à leurs œuvres !

Tout cependant invitait à être bref, précis et clair ; or, que faisait le soutier ? Il parlait toujours, baigné de sueur ; il y avait un moment qu'il ne parvenait plus à tenir entre ses mains tremblantes les papiers qu'il avait déposés d'abord sur la fenêtre ; des quatre points cardinaux pleuvaient des plaintes contre Schubal ; une seule de ces plaintes aurait suffi, pensait-il, à le faire rentrer sous terre ! mais ce qui parvenait jusqu'aux oreilles du commandant n'était qu'un triste et confus mélange. Il y avait longtemps que le monsieur à la badine de bambou s'était mis à siffloter en regardant le plafond ; les messieurs de l'autorité portuaire avaient ramené l'officier à leur table et ne faisaient pas mine de lui rendre sa liberté ; seul le calme du commandant parvenait encore à empêcher le caissier en chef de faire un éclat ; le garçon de bureau se tenait au garde-à-vous, attendant d'un instant à l'autre un ordre du commandant relatif au soutier.

Karl, dans ces conditions, n'avait plus le droit de rester inactif. Il se déplaça donc lentement vers le groupe, mais en calculant promptement ce qu'il lui faudrait faire pour prendre l'affaire en main aussi habilement que possible. Il était d'ailleurs grand temps ; encore un petit moment et ils pouvaient fort bien, l'un et l'autre, être jetés à la porte du bureau. Le commandant avait beau être un brave homme, et peut-être avoir également, comme Karl croyait le deviner, quelque motif particulier pour apparaître sous les traits d'un supérieur équitable, ce n'était pas, malgré tout, un instrument qu'on pouvait utiliser à tort et à travers — c'était pourtant ce que faisait le soutier, entraîné, il est vrai, par l'élan de son indignation.

Karl s'adressa donc au soutier en lui disant : « Il faut dire les choses plus simplement, plus clairement ; comment voulez-vous que M. le commandant vous rende justice, de la façon dont vous racontez les choses ? Il ne peut pourtant pas connaître tous les machinistes et tous les galopins du bord par leur nom de famille ou même par leur nom de baptême pour savoir tout de suite de qui il s'agit quand vous en parlez. Mettez donc un peu d'ordre dans vos griefs, commencez par les plus importants et procédez ensuite en ordre décroissant, peut-être ne sera-t-il même pas nécessaire alors de les dire tous. Tout cela était pourtant si clair, quand vous me l'avez raconté ! » « Si on peut voler des malles en Amérique, on a bien le droit aussi de mentir un peu à l'occasion », pensa-t-il pour se donner une excuse.

Si seulement cela avait servi à quelque chose ! Mais sans doute était-il déjà trop tard. Le soutier s'était interrompu en entendant cette voix qu'il connaissait bien, mais ses yeux, que son honneur blessé, ses terribles souvenirs, sa détresse présente avaient emplis de larmes, ne lui permettaient même plus de reconnaître Karl. Comment aurait-il pu changer de discours — il était silencieux maintenant et Karl le regardait sans mot dire — comment aurait-il pu changer de discours, alors qu'il avait l'impression d'avoir déjà tout dit sans obtenir la moindre approbation et aussi de n'avoir encore rien dit du tout et de ne pouvoir malgré tout exiger que ces messieurs écoutent encore une fois toute son histoire ? Et c'était ce moment que choisissait ce Karl, son seul partisan, pour lui faire la leçon, en lui démontrant en fait que tout était perdu.

« Si seulement j'étais venu plus tôt, au lieu de regarder par la fenêtre ! », se dit Karl en baissant la tête devant le soutier et en se frappant la cuisse, pour signifier que tout espoir devait être abandonné.

Mais le soutier se méprit sur ce geste, flairant sans doute chez Karl quelque secret reproche envers lui et dans la louable intention de se disculper s'engagea, pour couronner tous ses exploits, dans une dispute avec Karl. Juste maintenant, où les messieurs à la table ronde étaient depuis longtemps furieux de ce vacarme inutile qui les empêchait de continuer leurs importants travaux, où le caissier en chef commençait à trouver incompréhensible la patience du commandant et allait sortir de ses gonds, où le garçon de bureau, passé à nouveau dans le camp de ses maîtres, toisait le soutier d'un regard furibond et où enfin le monsieur à la badine de bambou, vers lequel le commandant lançait de temps à autre un coup d'œil aimable, et qui considérait maintenant le soutier avec indifférence, pour ne pas dire avec hostilité, avait sorti un petit calepin et manifestement occupé de tout autres affaires, laissait errer ses yeux entre Karl et le calepin.

« Je sais bien », dit Karl, qui avait grand-peine à endiguer l'éloquence tumultueuse que le soutier déversait maintenant sur lui, tout en parvenant, même au plus fort de la dispute, à sauvegarder pour lui un sourire d'amitié, « oui, vous avez raison, je n'en ai jamais douté. » Il aurait bien aimé, de peur des coups, tenir ces mains que le soutier agitait dans tous les sens ; mais il aurait encore préféré pouvoir l'attirer dans un coin, pour lui murmurer à voix basse quelques paroles apaisantes, que personne n'eût été obligé d'entendre. Mais le soutier avait perdu tout contrôle de lui-même. Karl commençait déjà à trouver une sorte de réconfort à l'idée qu'avec l'énergie du désespoir, le soutier serait capable, si tout prenait mauvaise tournure, de venir à bout des sept hommes qui étaient réunis là. Cependant, il suffisait de jeter un coup d'œil sur le bureau pour y découvrir un appareil composé d'un nombre énorme de boutons électriques et il eût suffi simplement d'appuyer la main dessus pour provoquer, dans toutes les coursives pleines de gens hostiles, l'insurrection du bateau entier.

C'est alors que le monsieur à la badine de bambou, qui paraissait si indifférent, s'avança vers Karl et lui demanda, sans forcer la voix, mais assez clairement pour couvrir toutes les vociférations du soutier : « Comment vous appelez-vous donc ? » Au même instant, on entendit frapper, comme si quelqu'un derrière la porte n'avait attendu que ces mots de l'homme à la badine. Le garçon de bureau se tourna vers le commandant, celui-ci fit un signe de tête. Le garçon de bureau alla donc à la porte et l'ouvrit. Sur le seuil se tenait un homme de taille moyenne, vêtu d'un vieil uniforme militaire ; rien dans son allure physique ne semblait le prédestiner au travail des machines et ce n'était pourtant personne d'autre que Schubal. Si Karl ne l'avait pas reconnu en lisant dans tous les regards, même dans celui du commandant, une certaine satisfaction, il l'aurait compris, à son propre effroi, en regardant le soutier, qui restait là les bras tendus, les poings fermés, comme si aucune opération n'était plus importante que de fermer les poings, une opération pour laquelle il était prêt à sacrifier tout ce qu'il lui restait de vie. Toute son énergie s'était rassemblée là, dans ces poings, même la force qui lui permettait de tenir debout.

L'ennemi était donc là, vif et dispos dans son grand uniforme ; il tenait sous le bras un registre, probablement les listes de salaires et les bulletins de paye du soutier, à regarder à tour de rôle tout le monde dans les yeux, en manifestant sans vergogne qu'il voulait avant toute chose mesurer l'humeur de chacun. Les sept personnes présentes étaient maintenant toutes de son côté ; car, même si le commandant avait eu d'abord certaines objections à lui faire ou s'il l'avait tout au moins prétendu, après tout ce que le soutier venait de lui faire subir, il n'avait, selon toute apparence, plus rien à reprocher à Schubal. On ne serait jamais assez sévère envers quelqu'un comme le soutier et si Schubal était à blâmer, c'était seulement de n'avoir pas su briser à la longue l'indiscipline du soutier, qui n'avait pas craint aujourd'hui de paraître en personne devant le commandant.

Quoi qu'il en soit, on pouvait encore supposer que le face-à-face du soutier et de Schubal aurait devant un tribunal humain les effets qu'il n'aurait pas manqué d'avoir devant un forum d'une nature supérieure, car, même si Schubal était passé maître dans l'art de feindre, il ne serait certainement pas capable de tenir jusqu'au bout. Il suffirait que sa méchanceté apparût un seul instant pour que ces messieurs s'en rendissent compte, Karl en faisait son affaire. Il connaissait maintenant à peu près la perspicacité, les manies, l'humeur de chacun de ces messieurs ; de ce point de vue, le temps qui venait de s'écouler n'avait pas été du temps perdu. Si seulement le soutier avait été un peu mieux en forme, mais il semblait tout à fait hors de combat. Si on lui avait livré Schubal, il aurait bien été capable de faire éclater à coups de poing ce crâne détesté. Mais il eût été à peine en mesure de franchir les quelques pas qui le séparaient de lui. Comment

Karl avait-il pu ne pas prévoir ce qui était si facile à prévoir, à savoir que Schubal finirait bien par paraître, soit de sa propre initiative, soit sur l'injonction du commandant. Pourquoi n'avait-il pas mis au point en chemin un plan de bataille avec le soutier, au lieu d'agir comme ils l'avaient fait, dans un état de funeste impréparation, et d'entrer par hasard par la première porte qui s'était présentée ? Le soutier était-il même encore capable de parler, de dire oui et non, comme cela risquait d'être nécessaire dans le cas d'un interrogatoire contradictoire, lequel n'aurait lieu, à vrai dire, que dans l'hypothèse la plus favorable ? Il était là, les jambes écartées, les genoux vacillants, la tête un peu levée et l'air passait par sa bouche ouverte comme s'il n'avait plus eu de poumons dans son corps pour le recevoir.

Karl, en revanche, se sentait plein de force et d'intelligence, plus peut-être qu'il ne l'avait jamais été chez lui. Si seulement ses parents avaient pu le voir défendre ainsi la cause du bien, dans un pays étranger, devant des personnalités considérables ! même s'il n'avait pas encore gagné, il se sentait tout prêt pour l'ultime combat ! Allaient-ils réviser leur opinion sur lui ? Lui demander de s'asseoir entre eux deux et le féliciter ? Allaient-ils pour une fois le regarder dans les yeux, dans ces yeux qui leur étaient si dévoués ? Que de questions incertaines et que l'instant était mal choisi pour les poser !

« Je suis venu, parce que je crois que le soutier m'a accusé de je ne sais quelles malhonnêtetés. Une fille de la cuisine m'a dit qu'elle l'avait vu venir ici. M. le commandant, et vous tous, messieurs, je suis prêt à réfuter toutes les accusations à l'aide de mes papiers et, au besoin, en faisant appel aux déclarations de témoins neutres et non prévenus, qui

attendent ici à la porte. » Ainsi parla Schubal. C'était
là, à dire vrai, un discours clair et viril et, à en juger
par le changement d'expression des auditeurs, on
aurait pu croire qu'ils entendaient pour la première
fois depuis longtemps le son d'une voix humaine. Ils
ne remarquaient évidemment pas combien de failles
subsistaient encore, même dans ce beau discours.
Pourquoi le premier mot précis qui lui était venu à
l'esprit avait-il été « malhonnêtetés » ? L'accusation
aurait-elle dû peut-être partir de là au lieu de porter
sur les préjugés nationaux ? Une fille de la cuisine
avait vu le soutier sur le chemin du bureau et Schubal
avait tout de suite compris ? N'était-ce pas la culpabi-
lité qui lui aiguisait ainsi l'intelligence ? Et il avait
amené immédiatement des témoins, qu'il qualifiait
entre autres de neutres et non prévenus ? Ce n'était
que de la filouterie, de la pure filouterie ! Et ces
messieurs toléraient cela, ils considéraient cela comme
une attitude correcte ? Pourquoi avait-il laissé passer
un temps considérable entre le rapport de la fille de
cuisine et son arrivée ici, sinon afin de permettre au
soutier de lasser la patience de ces messieurs et de leur
faire perdre leur lucidité de jugement, dont Schubal
avait tout à redouter ? Et, après être resté longtemps à
la porte, n'avait-il pas attendu pour frapper le
moment où la question accessoire posée par un de ces
messieurs lui avait laissé espérer que la cause du
soutier était entendue ?

Tout cela était clair et c'est Schubal lui-même qui
l'avait malgré lui présenté ainsi ; mais il fallait dire les
choses autrement, les rendre encore plus tangibles à
ces messieurs. Ils avaient besoin d'être ébranlés.
Allons, Karl, dépêche-toi, utilise au moins le temps
qu'il te reste, avant que les témoins ne comparaissent
et ne noient à nouveau toute l'affaire !

Mais le commandant venait de faire signe à Schubal de se taire et celui-ci s'était retiré — son cas
semblait remis, au moins pour un moment — et il
avait engagé une conversation à voix basse avec le
garçon de bureau qui s'était aussitôt joint à lui, à
laquelle ne manquaient ni les coups d'œil lancés sur le
soutier et sur Karl, ni la gesticulation la plus péremp-
toire. On eût dit que Schubal préparait son second
discours.

« Ne vouliez-vous pas poser une question à ce jeune
homme, monsieur Jakob ? », dit le commandant,
dans le silence général, au monsieur à la badine de
bambou.

« Il est vrai », répondit celui-ci en s'inclinant
doucement, pour le remercier de sa sollicitude. Et il
demanda à nouveau à Karl : « Comment vous appelez-vous donc ? »

Karl, pensant qu'il était dans l'intérêt de l'affaire
principale de liquider aussi rapidement que possible
cet incident avec ce questionneur obstiné, répondit
brièvement, au lieu de se présenter, comme il en avait
l'habitude, en exhibant son passeport, qu'il lui aurait
d'abord fallu chercher : « Karl Rossmann. »

« Mais alors... », reprit celui qu'on venait d'appeler Jakob, en reculant tout d'abord avec un sourire
presque incrédule. Le commandant, le caissier en
chef, l'officier de bord et même le garçon de bureau,
tous manifestèrent un étonnement extrême en entendant le nom de Karl. Seuls les messieurs de l'autorité
portuaire et Schubal étaient restés indifférents.
« Mais alors », répéta M. Jakob, en s'approchant de
Karl d'un pas un peu raide, « mais alors, je suis ton
oncle Jakob et tu es mon cher neveu. J'en ai eu le
pressentiment depuis le début ! », dit-il au comman-

dant, avant de serrer dans ses bras Karl, qui se laissait faire sans rien dire et de le couvrir de baisers.

« Comment vous appelez-vous ? », demanda Karl quand il se sentit libre, très poliment, mais sans la moindre émotion. Il s'efforçait de supputer les suites que ce nouvel événement pouvait comporter pour le soutier. Rien n'indiquait pour l'instant que Schubal pût tirer quelque avantage de cette affaire.

« Comprenez donc votre chance, jeune homme », dit le commandant, qui pensait que la question de Karl portait atteinte à la dignité de M. Jakob, lequel s'était posté devant la fenêtre, manifestement pour n'être pas obligé de montrer aux autres son visage ému, qu'il tamponnait avec un mouchoir. « C'est le sénateur Edward Jakob qui vient de se faire connaître comme votre oncle. Contrairement à ce que vous attendiez sans doute, c'est une brillante carrière qui s'ouvre désormais devant vous. Essayez de le comprendre, autant qu'on peut le faire dans le premier instant, et ressaisissez-vous ! »

« J'ai bien en effet un oncle Jakob en Amérique », dit Karl, tourné vers le commandant, « mais, si j'ai bien compris, Jakob est seulement le nom de famille de M. le sénateur. »

« C'est bien cela », dit le commandant, impatient de connaître la suite.

« Eh bien !, mon oncle Jakob, qui est le frère de ma mère, ne s'appelle Jakob que par son nom de baptême, alors que son nom de famille devrait être naturellement le même que celui de ma mère, qui est née Bendelmayer. »

« Que vous disais-je, messieurs ? », s'écria le sénateur comme pour reprendre les propos de Karl ; il était revenu tout joyeux de son asile près de la fenêtre et avait repris sa contenance. Tout le monde, à l'exception des fonctionnaires du port, partit d'un éclat de rire, les uns avec émotion, les autres en gardant un visage impénétrable.

« Ce que je viens de dire n'était pourtant pas si ridicule », pensa Karl.

« Messieurs », répéta le sénateur, « vous participez malgré moi et malgré vous à une petite scène de famille et je ne peux donc m'empêcher de vous donner des explications, car, me semble-t-il, seul M. le commandant est vraiment au courant » ; à ces mots, le commandant et lui échangèrent un salut.

« Il faut maintenant que je fasse attention à tout ce qui se dit », pensa Karl et, en jetant un regard de côté, il se réjouit de voir que la vie commençait à revenir sur le visage du soutier.

« Pendant toutes les longues années de mon séjour en Amérique — le mot séjour est à vrai dire impropre pour le citoyen américain que je suis de toute mon âme — pendant donc ces longues années, j'ai vécu complètement séparé de ma parenté européenne, pour des raisons qui premièrement n'ont rien à voir ici, et que deuxièmement je serais trop affecté pour les évoquer. Je redoute même le moment où je serai peut-être obligé de les dire à mon cher neveu, car il me sera malheureusement difficile d'éviter alors quelques propos sans fard sur ses parents et ceux qui les entourent. »

« C'est bien mon oncle, il n'y a pas de doute ! se dit Karl en prêtant l'oreille, il a probablement fait changer son nom. »

« Les parents de mon cher neveu se sont tout bonnement — n'ayons pas peur d'employer le mot propre — débarrassés de lui, comme on met à la porte un chat qui vous fait des ennuis. Je ne cherche pas du tout à dépeindre sous de belles couleurs ce qu'a fait mon neveu pour mériter ce châtiment, disons seulement que sa faute est de celles qu'il suffit de nommer pour qu'on l'excuse. »

« A la bonne heure », pensa Karl, « mais je ne veux pas qu'il raconte tout. Il ne peut d'ailleurs pas savoir. D'où le tiendrait-il ? »

« Il a en effet », continua l'oncle, en s'appuyant sur la badine de bambou qu'il avait plantée devant lui et en se balançant légèrement, ce qui lui permit d'éviter de donner à la chose la solennité inutile qu'elle n'aurait pas manqué de prendre autrement, « il a en effet été séduit par une certaine Johanna Brummer, une bonne à tout faire de quelque trente-cinq ans. En employant le mot " séduit ", mon intention n'est pas du tout de blesser mon neveu, mais il est difficile d'en trouver un autre qui convienne aussi bien. »

Karl, qui s'était déjà rapproché de son oncle, se retourna pour voir sur le visage des personnes présentes l'impression que leur faisait ce récit. Personne ne riait, tout le monde écoutait avec patience et sérieux. Finalement, on ne rit pas du neveu d'un sénateur à la première occasion qui se présente. On eût pu dire tout au plus que le soutier le regardait en souriant, bien qu'avec discrétion, ce qui premièrement était bon signe, car cela prouvait que la vie revenait en lui et qui deuxièmement était excusable, car auparavant dans la cabine, Karl avait voulu faire un mystère de ce qui était devenu maintenant une chose si publique.

« Cette Brummer », continua l'oncle, « a donc eu un enfant de mon neveu, un solide petit garçon, qui a reçu le nom de baptême de Jakob, certainement en souvenir de mon humble personne, qui a dû faire grande impression sur cette fille à travers les allusions certainement occasionnelles que mon neveu a pu faire de moi. Et cela a été une chance, je n'hésite pas à le dire, car, comme les parents, pour éviter le paiement d'une pension alimentaire ou un scandale qui aurait pu les éclabousser — j'ignore, je le souligne, aussi bien la législation de là-bas que les conditions dans lesquel-les vivent les parents —, comme ils ont donc décidé pour échapper au paiement d'une pension alimentaire ou pour éviter le scandale, de déporter leur fils, mon cher neveu, en Amérique, muni d'un équipement manifestement insuffisant et même impardonnable, comme on peut le voir, ce garçon, sans les miracles et les prodiges qui se produisent parfois encore en Amérique, aurait été réduit à ses propres moyens et n'aurait plus eu qu'à périr dans une ruelle du port de New York, si cette servante ne m'avait raconté toute l'histoire dans une lettre qu'elle m'a adressée et qui est parvenue avant-hier en ma possession ; elle m'y donnait aussi le signalement de mon neveu et fort intelligemment me communiquait le nom du bateau. Si mon intention était d'occuper votre temps, mes-sieurs, je pourrais vous lire quelques passages de cette lettre » — il sortit de sa poche et brandit deux immenses feuilles de papier, couvertes d'une écriture serrée —, « cela ne manquerait pas de produire son effet, car la lettre est écrite à la fois avec simplicité et avec finesse, elle est inspirée des meilleures intentions et exprime beaucoup d'affection pour le père de l'enfant. Mais je ne veux pas vous faire perdre plus de temps qu'il n'était nécessaire pour ces explications et je ne veux pas davantage risquer, au cours de cette première entrevue, de heurter des sentiments que mon neveu éprouve peut-être encore. Il pourra, s'il en a envie, lire cette lettre pour sa propre instruction, dans le calme de la chambre qui l'attend déjà. »

Or, Karl n'éprouvait aucun sentiment pour cette

fille. Dans le désordre d'un passé qui se perdait chaque jour davantage, il la revoyait assise dans la cuisine, à côté du buffet, le coude appuyé dessus. Elle le regardait, quand il lui arrivait de venir à la cuisine chercher un verre d'eau pour son père ou pour faire une commission de la part de sa mère. Quelquefois elle écrivait une lettre, dans cette position inconfortable à côté du buffet et semblait chercher son inspiration sur le visage de Karl. Il lui arrivait de mettre la main sur les yeux de Karl et, dans ces moments-là, elle n'entendait plus rien de ce qu'on lui disait. Elle se mettait parfois à genoux dans le cagibi où elle couchait à côté de la cuisine et priait devant un crucifix de bois ; ces jours-là, Karl avait un peu peur de la regarder quand il l'apercevait par la porte entrouverte. D'autres fois, elle tournait en rond dans la cuisine et sursautait, en riant comme une sorcière, quand elle trouvait Karl sur son chemin. Il lui arrivait de fermer la porte de la cuisine quand Karl était entré, en gardant la clenche dans la main jusqu'à ce qu'il demande à sortir. Quelquefois, elle allait chercher des choses dont il n'avait aucune envie et les lui mettait dans la main sans mot dire. Mais un jour, elle lui dit « Karl » et comme il s'étonnait qu'elle s'adresse à lui de cette manière, elle l'entraîna avec force grimaces et soupirs dans son cagibi, dont elle ferma la porte à clef. Elle passait ses bras autour de son cou jusqu'à l'étouffer et lui demandait de la déshabiller, mais en fait c'était elle qui le déshabillait et qui le portait sur son lit, comme si elle ne voulait plus désormais le laisser entre les mains de personne, mais le cajoler et prendre soin de lui jusqu'à la fin des temps. « Karl ! oh, mon Karl ! », s'écriait-elle, comme si elle venait seulement de l'apercevoir et voulait se confirmer qu'il était bien à elle, alors que lui ne voyait plus rien et se

sentait mal à son aise au milieu de toutes les
couvertures chaudes qu'elle semblait avoir accumu-
lées à son intention. Après quoi, elle se coucha à côté
de lui et voulut lui arracher on ne sait quels secrets,
mais il n'en avait aucun à lui dire ; alors elle se fâcha
ou fit semblant de se fâcher, elle se mit à le secouer,
écouta battre son cœur, tendit sa poitrine vers lui pour
qu'il écoute à son tour, ce qu'elle ne put obtenir de lui,
pressa son ventre contre son corps, alla chercher avec
la main quelque part entre ses jambes de façon si
dégoûtante qu'il secoua de toutes ses forces sa tête et
son cou sur l'oreiller, et elle poussa plusieurs fois son
ventre vers lui. Karl avait l'impression qu'elle était
devenue une partie de lui-même et c'est la raison sans
doute pour laquelle il se sentit tout à coup envahi
d'une grande détresse. Il parvint enfin dans les larmes
à regagner son propre lit, tandis qu'elle lui criait
plusieurs fois : « Au revoir ! » Ç'avait été tout et
pourtant son oncle trouvait le moyen d'en faire toute
une histoire. Et la cuisinière avait ensuite pensé à lui
et prévenu l'oncle de son arrivée. C'était bien de sa
part et il lui revaudrait certainement cela un de ces
jours.

« Et maintenant », s'écria le sénateur, « je veux
t'entendre dire devant tout le monde si je suis bien ton
oncle, ou non. »

« Tu es mon oncle », dit Karl ; il lui baisa la main
et reçut en échange un baiser sur le front. « Je suis très
heureux de t'avoir rencontré, mais tu te trompes
quand tu prétends que mes parents ne disent que du
mal de toi. D'ailleurs, indépendamment de cela, ton
récit contenait plusieurs inexactitudes ; je veux dire
par là que les choses ne se sont pas passées en réalité
tout à fait comme cela. Il est vrai que d'ici tu ne peux
pas très bien juger — et d'ailleurs, je crois qu'il n'est

pas très important que ces messieurs soient informés
de façon un peu inexacte d'une affaire dont ils se
soucient sans doute fort peu. »

« Très bien parlé », dit le sénateur, en menant Karl
jusqu'au commandant, visiblement plein d'intérêt et
de sympathie, et il lui demanda : « Ne trouvez-vous
pas que j'ai un neveu magnifique ? »

« Je suis heureux, monsieur le sénateur », dit le
commandant en s'inclinant comme seuls savent le
faire les gens de formation militaire, « d'avoir fait la
connaissance de votre neveu. C'est pour mon bateau
un singulier honneur d'avoir été le théâtre d'une
pareille rencontre. Mais la traversée a dû être très
pénible dans l'entrepont, où l'on ne sait jamais avec
qui on se trouve. Nous faisons tout notre possible pour
rendre plus agréable la traversée dans l'entrepont,
beaucoup plus, par exemple, que sur les lignes
américaines, mais nous ne sommes évidemment pas
parvenus à en faire un plaisir. »

« Cela ne m'a pas fait de mal », dit Karl.

« Cela ne lui a pas fait de mal », répéta le sénateur
en riant aux éclats.

« C'est seulement ma malle que je crains
d'avoir... » et, ce disant, il se rappela tout ce qui
s'était passé et ce qu'il lui restait à faire ; il jeta les
yeux autour de lui et vit tous les assistants, muets
de respect et d'étonnement, rester immobiles à la
place qu'ils occupaient, les yeux fixés sur lui. Seuls les
employés du port semblaient, pour autant qu'on pût
pénétrer la mine grave et satisfaite de leur visage,
exprimer le regret de s'être trouvés là à un moment si
peu propice et la montre de gousset qu'ils avaient
maintenant posée devant eux leur paraissait probablement plus importante que tout ce qui s'était passé
dans la pièce ou pouvait encore s'y passer.

Le premier à dire après le commandant la part qu'il prenait à l'événement fut, chose curieuse, le soutier lui-même. « Je vous félicite de tout cœur », dit-il en serrant la main de Karl ; par quoi il voulait sans doute lui exprimer quelque chose qui ressemblait à de la reconnaissance. Mais quand il se tourna ensuite vers le sénateur pour lui tenir le même propos, celui-ci recula d'un pas, comme si le soutier outrepassait ses droits ; le soutier n'insista pas.

Les autres comprirent alors ce qu'il leur restait à faire et se précipitèrent dans le plus grand désordre autour de Karl et du sénateur. C'est ainsi que Karl reçut même les félicitations de Schubal, qu'il accepta et dont il le remercia. Les derniers à paraître furent, le calme rétabli, les employés du port ; ils dirent deux mots en anglais, ce qui produisit un effet ridicule.

Le sénateur était tout à fait d'humeur, pour goûter son plaisir jusqu'au bout, à rappeler à lui-même et aux autres certaines circonstances secondaires de l'histoire, ce qui fut naturellement non seulement accepté, mais accueilli aussi avec vif intérêt. C'est ainsi qu'il fit remarquer qu'il avait noté dans son calepin les signes distinctifs les plus notables de Karl, tels qu'ils figuraient dans la lettre de la cuisinière, pour le cas où il aurait besoin de s'y reporter rapidement. Aussi, pendant l'intolérable bavardage du soutier, avait-il sorti son calepin à seule fin de se distraire un peu et avait cherché, en manière de jeu, à confronter les indications de la cuisinière, qui n'avaient évidemment pas toujours la précision d'un signalement de police et l'apparence physique de Karl. « Et c'est comme cela qu'on fait quand on veut trouver son neveu », termina-t-il, comme s'il souhaitait recevoir encore des félicitations.

« Que va-t-il se passer maintenant avec le sou-

tier ? », demanda Karl sans beaucoup se soucier du
dernier récit de son oncle. Il pensait avoir le droit,
dans sa situation nouvelle, d'exprimer tout ce qu'il
pensait.

« Le soutier aura ce qu'il mérite », dit le sénateur,
« et ce que M. le commandant estimera bon. Je crois
que nous en avons entendu assez et plus qu'assez sur
le soutier et je suis sûr que les messieurs qui sont ici
seront tous de mon avis. »

« Mais ce n'est pas de cela qu'il s'agit, quand il est
question de justice », dit Karl. Il était debout entre
son oncle et le commandant, et il pensait peut-être à
cause de cette position qu'il tenait la décision entre ses
mains.

Et pourtant, le soutier ne paraissait plus rien
attendre pour lui-même. Il avait les mains à moitié
passées dans sa ceinture, que ses gesticulations
avaient fait apparaître en même temps qu'un bout de
chemise à carreaux. Il ne s'en souciait pas le moins du
monde ; il avait dit tous ses malheurs, il importait peu
qu'on vît maintenant les quelques nippes qu'il portait
sur le corps — on pouvait bien ensuite l'emmener où
l'on voudrait. Il supposait que ce seraient le garçon de
bureau et Schubal, les moins élevés dans la hiérarchie,
qui allaient être chargés de lui rendre ce dernier
service. Schubal aurait alors la paix, il ne serait plus
réduit au désespoir, comme avait dit le caissier en
chef. Le commandant pourrait désormais n'engager
plus que des Roumains, on parlerait roumain partout
et tout serait peut-être mieux ainsi. Il n'y aurait plus
de soutier pour tenir ses palabres à la caisse principale ; peut-être garderait-on seulement un assez bon
souvenir de son dernier discours, car, comme le
sénateur l'avait expressément déclaré, ç'avait été
l'occasion indirecte qui lui avait permis de retrouver

son neveu. Ce neveu avait d'ailleurs auparavant cherché à plusieurs reprises à l'aider et l'avait donc assez récompensé par avance du service que lui-même lui avait rendu au moment des retrouvailles. Il ne lui serait donc pas venu à l'esprit d'exiger encore quelque chose de lui. D'ailleurs, il avait beau être le neveu du sénateur, il était encore loin d'être commandant du bateau et c'est de la bouche du commandant que devait tomber finalement la sentence. Conformément à ces pensées, le soutier essayait de ne pas regarder du côté de Karl ; mais il n'y avait malheureusement dans cette pièce pleine d'ennemis pas d'autre endroit où reposer ses yeux.

« Ne te méprends pas sur la situation », dit le sénateur à Karl, « il s'agit peut-être d'une question de justice, mais en même temps d'une question de discipline. Les deux choses, et surtout la deuxième, sont ici du ressort du commandant. »

« Oui, c'est comme cela », murmura le soutier. Ceux qui entendirent ce propos et le comprirent eurent un sourire d'étonnement.

« Mais nous avons déjà, en dehors de tout cela, suffisamment gêné M. le commandant dans ses obligations professionnelles qui, certainement doivent s'accumuler de façon incroyable à l'arrivée dans un port comme New York, et il est grand temps pour nous de quitter le navire, sans faire encore par notre intrusion inutile d'une minime querelle entre deux machinistes un événement d'importance. Je comprends d'ailleurs parfaitement ton attitude, mon cher neveu, mais elle me donne précisément le droit de t'emmener hors d'ici au plus vite. »

« Je vais immédiatement faire mettre pour vous une embarcation à la mer », dit le commandant sans formuler, à la surprise de Karl, la moindre objection aux propos de l'oncle, car on pouvait assurément considérer qu'il venait de s'y traiter lui-même avec une humilité excessive. Le caissier en chef se précipita au bureau et téléphona l'ordre du commandant au second-maître.

« Le temps presse », se dit Karl, « mais je ne puis rien faire sans vexer tous ces gens-là. Je ne peux pourtant pas quitter mon oncle au moment où il vient à peine de me retrouver. Le commandant est poli, il est vrai, mais c'est tout. Sa politesse s'arrête dès qu'il est question de discipline et mon oncle a certainement exprimé tout à l'heure exactement ce que pense le commandant. Je ne veux pas parler à Schubal, je regrette même de lui avoir tendu la main. Les autres ne comptent pas. »

Et, pris dans ces pensées, il se dirigea lentement vers le soutier, lui saisit la main droite, que celui-ci tenait toujours enfoncée dans sa ceinture et la prit dans la sienne, comme en se jouant.

« Pourquoi ne dis-tu donc rien », demanda-t-il. « Pourquoi te laisses-tu faire ? »

Le soutier se contenta de plisser le front, comme s'il cherchait le mot juste pour exprimer ce qu'il voulait dire, et il baissa les yeux sur Karl et sur sa main.

« On t'a traité injustement, comme personne d'autre à bord, je le sais parfaitement. » Et Karl faisait aller et venir ses doigts entre ceux du soutier, qui regardait à la ronde, les yeux brillants, comme s'il jouissait d'une félicité, dont personne à vrai dire n'aurait pu lui tenir grief.

« Mais il faut te défendre, dire oui et non ; sinon, les gens ne sauront jamais où est la vérité. Il faut que tu me promettes de m'obéir, car moi-même, j'ai bien des raisons de le penser, je ne pourrai plus te servir à grand-chose. » Et Karl se mit à pleurer, il saisit cette main crevassée et presque inerte et la pressa contre ses joues, comme un trésor auquel il lui fallait renoncer. Mais son oncle le sénateur était déjà à côté de lui et cherchait très discrètement, il est vrai, à l'entraîner.

« Ce soutier semble t'avoir ensorcelé », dit-il, en jetant un regard entendu au commandant par-dessus la tête de Karl. « Tu t'es senti abandonné, tu as alors trouvé le soutier et tu lui en es reconnaissant, c'est tout à fait louable. Mais ne pousse pas les choses trop loin, ne serait-ce qu'à cause de moi, et apprends à garder ta place. »

Il se fit un grand bruit derrière la porte, on entendit des cris, on crut même comprendre que quelqu'un était projeté brutalement sur la porte. Un matelot entra, la tenue en désordre, un tablier de femme autour du corps. « Il y a des gens dehors », dit-il, en continuant à jouer des coudes, comme s'il était encore au milieu de la cohue. Finalement, il reprit ses esprits et s'apprêtait à saluer le commandant, quand il aperçut le tablier de femme ; il le retira rapidement, le jeta par terre en s'écriant : « C'est abominable, ils m'ont passé un tablier de femme autour du corps. » Puis il claqua les talons et salua. Quelqu'un essaya de rire, mais le commandant dit sévèrement : « Eh bien ! voilà de la bonne humeur ou je ne m'y connais pas ! Qui donc est là dehors ? »

« Ce sont mes témoins », dit Schubal en s'avançant, « je vous prie respectueusement d'excuser leur mauvaise tenue. Quand les gens ont la traversée derrière eux, il arrive qu'ils soient comme fous ! »

« Qu'on les fasse entrer tout de suite ! », ordonna le commandant et, en se tournant aussitôt vers le sénateur, il ajouta avec courtoisie, mais rapidement : « Ayez, je vous prie, la bonté, monsieur le sénateur, de suivre ce matelot avec monsieur votre neveu ; il va

vous conduire à votre embarcation. Je n'ai certainement besoin de vous dire quel plaisir et quel honneur
cela a été pour moi de faire personnellement votre
connaissance, monsieur le sénateur. Je souhaite seulement avoir prochainement l'occasion, monsieur le
sénateur, de reprendre avec vous notre conversation
interrompue sur la situation de la marine américaine
et peut-être d'être à nouveau aussi agréablement
interrompus que nous l'avons été aujourd'hui. »

« Provisoirement », dit l'oncle en riant, « ce neveu
me suffit. Mais recevez tous mes remerciements pour
votre amabilité et mon cordial salut. Il ne serait
d'ailleurs pas du tout impossible que nous nous
retrouvions avec vous pour un bon moment lors de
notre prochain voyage en Europe. » En disant ces
mots, il serrait Karl affectueusement contre lui.

« Ce serait un grand plaisir pour moi », dit le
commandant. Les deux messieurs se serrèrent la
main. Karl eut tout juste le temps de tendre rapidement et sans mot dire sa main au commandant, car
celui-ci était occupé par la bande d'une quinzaine de
personnes, qui, quoique un peu gênées, faisaient
bruyamment leur entrée sous la conduite de Schubal.
Le matelot demanda au sénateur la permission de le
précéder, puis il fendit la cohue pour leur faire un
chemin, à Karl et à lui, et tous deux passèrent devant
les marins qui s'inclinaient. Il semblait bien que ces
gens tout à fait débonnaires avaient pris la querelle
entre Schubal et le soutier pour une plaisanterie, qui
ne prenait même pas fin en présence du commandant.
Karl reconnut parmi eux Line, la fille de cuisine, qui,
en lui lançant une œillade joyeuse, rattacha le tablier
que le matelot avait jeté par terre, car il s'agissait du
sien.

En continuant à suivre le marin, ils quittèrent le

bureau, tournèrent par un étroit couloir qui, au bout de quelques pas, les mena jusqu'à une porte, d'où un petit escalier les conduisit jusqu'à l'embarcation qu'on avait préparée pour eux. Les matelots de l'embarcation, dans laquelle leur guide sauta d'un bond, se levèrent et saluèrent. Le sénateur venait d'inviter Karl à faire bien attention en descendant, quand celui-ci, encore sur la marche supérieure, fondit violemment en larmes. Le sénateur mit sa main droite sous le menton de Karl, le tint étroitement pressé contre lui et le caressa de la main gauche. Ils descendirent ainsi lentement marche après marche, étroitement serrés l'un contre l'autre, jusque dans l'embarcation, où le sénateur choisit pour Karl une bonne place, juste en face de lui. Sur un signe du sénateur, les matelots éloignèrent la chaloupe du navire et commencèrent aussitôt à ramer dur. Ils s'étaient à peine écartés de quelques mètres, quand Karl fit la découverte imprévue qu'ils se trouvaient précisément du côté du navire où donnaient les fenêtres de la caisse principale. Les trois fenêtres étaient occupées par les témoins de Schubal, qui faisaient de grands gestes et saluaient amicalement ; l'oncle lui-même répondit et un matelot réussit même le tour de force d'envoyer un baiser vers le navire sans cesser de ramer. C'était comme si n'existait plus aucun soutier. Karl fixa des yeux son oncle, dont les genoux frôlaient presque les siens, et se prit à douter que cet homme pût jamais remplacer pour lui le soutier. Son oncle évita d'ailleurs son regard, en portant les yeux sur les vagues qui balançaient leur chaloupe.

DOSSIER

NOTICE BIOGRAPHIQUE

1883. *3 juillet*. Naissance de Franz Kafka, à Prague. Son père, Hermann Kafka, qui possède un magasin de nouveautés très prospère, exerce sur la famille une tyrannie dont son fils aura fort à souffrir. Cinq autres enfants naîtront par la suite, mais seules trois sœurs survivront.

1893-1901. Études secondaires au lycée allemand de la Vieille Ville. On sait que Kafka commence à écrire dès ses années de lycée, mais il détruira tous ces manuscrits de jeunesse.

1901-1906. Études à l'Université de Prague. Après quelques hésitations, Kafka se décide pour des études de droit.

1904. Fin probable de la rédaction de la première version de *Description d'un combat*.

1906-1907. Rédaction du récit fragmentaire *Préparatifs de noce à la campagne* et de quelques-uns des textes brefs qui constitueront le recueil *Regard (Betrachtung)*.

1907-1908. Kafka aux *Assicurazioni generali*, à Prague.

1908. Première publication dans une revue : huit courtes pièces qui figureront plus tard dans le recueil *Regard*.
30 juillet : entrée à l'*Institut d'assurances contre les accidents du travail*, à Prague.

1909. Kafka commence à tenir assez régulièrement son Journal.

1911. Voyage avec Max Brod en Suisse, en Italie, puis à Paris.

1912. Rédaction d'une première version du roman qui deviendra *L'Oublié (L'Amérique)*.

Septembre. Rencontre avec Felice Bauer, chez les parents de Max Brod. Kafka conçoit immédiatement le projet de l'épouser. Début d'une intense correspondance avec elle.

Nuit du 22 au 23 septembre. Rédaction du *Verdict*.

Novembre-décembre. Rédaction de *La Métamorphose*.

1913. *Juin*. Kafka, pour la première fois, demande à Felice Bauer de lui accorder sa main.

1914. Les difficultés s'accumulent dans les relations avec Felice Bauer. Grete Bloch, une amie de Felice, intervient comme intermédiaire.

1er juin. Fiançailles avec Felice Bauer, célébrées à Berlin.

12 juillet. Le « tribunal de l'Askanischer Hof » : rupture des fiançailles.

Automne. Rédaction du *Procès* et de *La Colonie pénitentiaire*.

1915. La correspondance avec Felice Bauer reprend, mais selon un rythme plus paisible. Différentes rencontres, la plupart décevantes, ont lieu entre Kafka et elle.

1917. Kafka rédige la plupart des récits qui constituent le recueil *Un médecin de campagne*.

Juillet. Secondes fiançailles avec Felice Bauer.

Nuit du 9 au 10 août. Hémoptysie.

Automne. Kafka part en convalescence à Zürau (au nord-ouest de la Bohême), chez sa sœur Ottla.

Décembre : rupture définitive avec Felice Bauer.

1918-1919. Période peu féconde littérairement. Nombreuses réflexions métaphysiques et religieuses dans les journaux intimes.

1919. *Novembre. Lettre à son père*.

1919-1920. Relations amoureuses avec Julie Wohryzek.

1920. Les séjours en sanatorium se multiplient ; Kafka ne peut que rarement accomplir son travail professionnel.

À partir d'avril. Correspondance avec Milena Jesenská, la traductrice de Kafka en tchèque.

1922. Rédaction du *Château* et de quelques-uns des derniers récits, comme *Un artiste de la faim*.

1923. Rencontre avec Dora Dymant, qui sera la compagne de Kafka pendant ses derniers mois.

Rédaction du *Terrier*.

1924. Rédaction de *Joséphine la cantatrice*.

    3 juin. Mort de Kafka au sanatorium de Kierling, près de Vienne.

    11 juin. Enterrement de Kafka à Prague.

BIBLIOGRAPHIE

La bibliographie consacrée à Kafka est immense et on a vite fait de s'y perdre. On ne mentionnera donc ici que les titres de quelques ouvrages généraux, qui restent aujourd'hui utiles.

Les trois ouvrages les plus considérables consacrés à Kafka sont (par ordre alphabétique) :

Wilhelm EMRICH : *Franz Kafka,* Bonn, 1958.

Heinz POLITZER : *Franz Kafka der Künstler,* Francfort-sur-le-Main, 1965 (une première édition de ce livre avait paru en Amérique sous le titre *Franz Kafka. Parable and Paradox,* Cornell University Press, 1962).

Walter H. SOKEL : *Franz Kafka. Tragik und Ironie,* Munich-Vienne, 1964.

Parmi les ouvrages plus anciens, certains seront consultés encore avec profit. D'abord, bien entendu :

Max BROD : *Franz Kafka. Eine Biographie,* Prague, 1937 (une 2ᵉ édition à New York, en 1947). — Traduction française : *Franz Kafka. Souvenirs et documents,* Paris, 1945, plusieurs fois réédité.

ainsi que :

Max BROD : *Verzweiflung und Erlösung im Werk F. Kafkas,* Francfort-sur-le-Main, 1959.

et, du même auteur :

Franz Kafkas Glauben und Lehre (Winterthur, 1948), qui contient en appendice l'étude de Felix WELTSCH : *Religiöser Humor bei Franz Kafka.*

Un ouvrage collectif qui aborde de nombreux problèmes de biographie et d'interprétation sera utile. Il s'agit de : *Kafka-Handbuch*, hg. v. H. Binder, 2 vol., Stuttgart, 1979.

Sur la jeunesse de Kafka, un livre indispensable :
Klaus WAGENBACH : *Franz Kafka, eine Biographie seiner Jugend, 1883-1912*, Berne, 1958.
Du même auteur, en collaboration avec J. BORN, L. DIETZ, M. PASLEY et P. RAABE : *Kafka-Symposion*, Berlin, 1965.

Une biographie complète de Kafka, due à l'éditeur du présent volume, a paru récemment :
Claude DAVID : *Franz Kafka*, Paris, 1989.
Une autre biographie, plus romancée, est celle de :
Pietro CITATI : *Kafka* (traduction française, Paris, 1989).

On lira aussi avec profit les réflexions de :
Martin WALSER : *Beschreibung einer Form*, Munich, 1961.

On s'aidera à l'occasion de :
Hartmut BINDER : *Kommentar zu sämtlichen Erzählungen*, Munich, 1975.

On s'orientera un peu à travers la bibliographie, grâce à :
Peter U. Beicken : *Franz Kafka. Eine Kristische Einführung in die Forschung*, Francfort, 1975.

Parmi les interprétations anciennes, beaucoup ont perdu de leur valeur. On retiendra cependant encore :
Theodor ADORNO : *Aufzeichnungen zu Kafka*, in *Prismen. Kulturkritik und Gesellschaft*, Berlin, Francfort-sur-le-Main, 1955.
Günther ANDERS : *Franz Kafka. Pro und Contra*, Munich, 1951.
Walter BENJAMIN : *Franz Kafka. Zur 10. Wiederkehr seines Todestages*, in *Schriften*, vol. II, Francfort-sur-le-Main, 1955.
Herbert TAUBER : *Franz Kafka. Eine Deutung seiner Werke*, Zurich, New York, 1941.

On a publié une bonne anthologie de textes critiques sur Kafka sous le titre *Franz Kafka*, éditée par H. Politzer, Darmstadt, 1973.

Une série de jugements de Kafka sur lui-même et sur son œuvre dans la série *Dichter über ihre Dichtungen : Franz Kafka,* édité par E. Heller et J. Beug, Munich, 1969.

Parmi les ouvrages en langue française, on citera d'abord :
Marthe ROBERT : *Kafka* (Paris, 1960) dans la collection « La Bibliothèque idéale », qui constitue une très bonne introduction à la vie et à l'œuvre.

et, du même auteur :
Seul comme Franz Kafka, Paris, 1979.

Les nombreuses publications plus anciennes en langue française sont aujourd'hui un peu périmées. On fera toutefois une exception pour :
Claude-Edmonde MAGNY : *Kafka ou l'écriture de l'absurde* et *Procès en canonisation,* dans *Les Sandales d'Empédocle,* Neuchâtel, 1945.

ainsi que pour la bonne étude de :
Maja GOTH : *Franz Kafka et les lettres françaises* (1928-1955), Paris, 1957.

et pour les divers articles de :
Maurice BLANCHOT sur Kafka maintenant réunis dans le volume *De Kafka à Kafka,* Paris, 1981.
Les ouvrages de M. CARROUGES *(Kafka contre Kafka,* Paris, 1962) et de R. ROCHEFORT *(Kafka ou l'Irréductible Espoir,* Paris, 1947) pourront toujours être lus avec profit.

Une bonne anthologie de la littérature critique sur Kafka a été procurée par Claudine RABOIN, dans la collection « Les Critiques de notre temps » (Paris, 1973).

Cette liste est délibérément sommaire ; elle ne cherche pas à épuiser une littérature innombrable.

NOTES

Page 21

Conversation avec l'homme en prière

Page 30

Conversation avec l'homme ivre

Ces deux textes furent publiés ensemble en mars-avril 1909 dans le cahier n° 8 de la revue *Hyperion,* qu'éditaient à Munich Franz Blei et Carl Sternheim. Ce n'étaient d'ailleurs pas les premiers écrits de Kafka à être livrés à la publicité : déjà un an plus tôt avaient paru dans le premier numéro de la même revue *Hyperion* plusieurs textes généralement très courts ; on les retrouvera plus loin, à l'intérieur du recueil *Regard*.

Ces récits — les deux « Conversations » et quelques-uns des autres — étaient extraits d'un ensemble plus vaste intitulé « Description d'un combat ». C'était une suite très libre d'histoires croquées sur le vif et de rêveries. Dans la plupart de ces textes, deux personnages s'opposent : l'un, vivant, hardi, content de lui ; l'autre introverti, maladroit, perdu dans son rêve intérieur. C'est le conflit entre ces deux êtres qui justifie le titre de cette fantasque rhapsodie : « Description d'un combat ». Il n'y a aucune continuité entre les épisodes : on glisse d'un personnage à l'autre, parfois même les rôles s'intervertissent. Kafka n'essaie pas de prêter à ses héros d'un instant une densité qui puisse faire croire à la réalité.

Il existe deux versions différentes de « Description d'un combat » : la première est apparemment achevée dès 1906, au temps où Kafka est encore étudiant à la Faculté de droit. La version remaniée date, selon toute vraisemblance, des premiers mois de 1910. Les deux « Conversations » publiées dans *Hyperion* appartiennent à la première version. Dans celle-ci, c'est un personnage appelé « le gros homme », qui rencontre et interpelle l'homme en prière ; c'est une sorte de magot chinois, prodigieusement gros, qui, quand on l'aperçoit pour la première fois, est sur le point d'être entraîné par les eaux d'un fleuve. Le gros homme lui dit alors : « Cher monsieur du rivage, n'essayez pas de me sauver. Voilà la vengeance de l'eau et du vent, je suis perdu. Oui, c'est bien une vengeance, car combien de fois n'avons-nous pas attaqué toutes ces choses, mon ami l'homme en prière et moi-même, au cliquetis de nos épées, dans l'éclat des cymbales, dans la somptueuse ampleur des trombones et dans la lumière éclatante des tambours. » Sur quoi, il raconte sa rencontre avec l'homme en prière. Dans la suite, c'est l'homme en prière qui, sortant d'une réception où il s'est montré très ridicule et où il a bu plus que de raison, rencontre un ivrogne, avec lequel, ivre lui-même, il engage la conversation ; c'est le deuxième texte.

Le contenu de ces deux « Conversations » est en tout cas semblable. Le monde apparaît incertain, balayé par une tempête ; il règne comme « un mal de mer sur la terre ferme ». Et cela vient sans doute du fait qu'on a « oublié le vrai nom des choses » : on dénomme le peuplier « Tour de Babel » ou « Noé, du temps qu'il était ivre ». Tout est devenu frivole, arbitraire, inquiétant, comme cette ville de Paris, où les « gens ne sont que vêtements chamarrés et les maisons que portails ». Ce qu'il faut, c'est appeler à nouveau les choses par leur nom, en renonçant aux dangereux prestiges des mots. Et c'est le sens du petit dialogue où une femme répond à la mère du narrateur : « Je goûte au grand air. » Encore l'allemand use-t-il ici de provincialismes que la traduction efface, mais qui accentuent encore la simplicité naïve de l'expression.

Il reste quelque gaucherie et de l'inexpérience en certains endroits de ce texte de jeunesse. Mais il est loin d'être banal. Il reprend le thème d'un texte fameux de Hugo von Hofmannsthal, de quelques mois seulement antérieur, celui qu'on désigne d'ordinaire comme la « Lettre de Lord Chandos », qui traduit la même angoisse devant les manières actuelles de la littérature et la même nostalgie d'un retour à la simplicité et à la vérité. Les petits traités

de Hofmannsthal et les récits de Kafka expriment à la fois une dette
envers le néo-romantisme, dont ils participent encore largement par
leur style, et le désir de s'affranchir de cette tendance littéraire,
devenue paralysante.

Page 35

Regard

Kafka avait publié en 1910 sous le titre d'ensemble *Betrachtun-
gen* (au pluriel) huit petits textes dans le journal *Bohemia*. Ces
petits textes, augmentés de quelques autres, sont reproduits ensuite
dans le premier recueil, publié par Kafka sous le titre de *Betrachtung*
(au singulier).

Le mot *Betrachtung* a en allemand deux acceptions principales : il
peut signifier « contemplation, long regard jeté sur le monde » ; il
peut vouloir dire aussi (surtout s'il est employé au pluriel)
« réflexion, retour sur soi-même ». Certains se sont ralliés à ce
deuxième sens et ont traduit par *Méditation* le titre du petit livre. A
tort, semble-t-il : ces textes très courts ne sont pas des réflexions,
mais de petits tableaux, des « sketches » rapidement brossés, avec
un souci de concision poussé parfois jusqu'à la préciosité. Ce sont
des « regards » jetés sur le spectacle du monde, auquel le narrateur
ne participe que de loin et non sans réticence. D'où le titre *Regard*
(au singulier comme le titre allemand), qui est ici proposé.

Kafka ne cède que de mauvais gré à l'insistance de l'éditeur
Rowohlt, qui, poussé par Max Brod, veut obtenir de lui le
manuscrit des petits récits. Il a beaucoup de peine à fixer avec Max
Brod l'ordre des textes. Il regrettera toujours par la suite cette
publication, qu'il juge médiocre. « Que de temps », écrit-il le
11 août 1912 dans son Journal, « me fait perdre la publication de ce
petit livre, quel sentiment néfaste et ridicule de ma valeur me prend
en lisant ces choses anciennes pour les publier [...] Une fois le livre
sorti, je devrai, si je ne veux pas me plonger dans le vrai que du bout
des doigts, me tenir bien plus encore à l'abri des revues et des
critiques. » Le livre est si mince que l'éditeur doit utiliser des
caractères d'un corps inhabituel pour que le volume reste présen-
table.

Le livre, qui porte la date de 1913, paraît en décembre 1912. Il comporte dix-huit récits, dont la rédaction s'échelonne de 1903 à 1912.

Page 35

Enfants sur la grand-route
(Kinder auf der Landstraße)

Ce récit fait partie de la deuxième version de « Description d'un combat ». La rédaction remonte au début de 1910. Dans « Description d'un combat », il est introduit par le paragraphe que voici : « Je dormais et m'abîmai corps et âme dans le premier rêve venu. Je m'y agitais au milieu de tant d'angoisse et de souffrance que mon rêve ne put le supporter davantage, sans pourtant oser m'éveiller, car, si je dormais, c'est que le monde autour de moi avait cessé d'être. Je parcourus donc ce rêve déchiré et retournai, comme un rescapé, évadé du sommeil et du rêve, jusque dans les villages de mon pays natal. »

Après la fin du texte dans *Regard*, la version de « Description d'un combat » comportait encore le petit développement suivant : « C'était l'heure. J'embrassais celui qui était près de moi, je tendais la main aux trois suivants et je commençais à remonter le chemin : personne ne me rappelait. Au premier carrefour, quand ils ne pouvaient plus me voir, je courais par les champs et regagnais la forêt. J'aurais voulu atteindre la ville du Sud, dont on dit dans notre village : " Là-bas vivent des gens, pensez donc, des gens qui ne dorment jamais !

— Et pourquoi cela ?

— Parce qu'ils ne sont jamais fatigués.

— Et pourquoi donc ?

— Parce que ce sont de grands fous.

— Ceux qui sont fous ne sont donc jamais fatigués ?

— Comment des fous seraient-ils jamais las ? " »

Kafka s'engage ici dans une direction qui ne lui est pas tout à fait coutumière. Mais ces souvenirs d'enfance imaginaires, situés à la frontière du rêve, expriment, comme la plupart des autres récits de *Regard*, la lassitude, une distance en face de la vie, un sentiment de solitude, une tristesse diffuse.

Page 39

Un filou démasqué
(Entlarvung eines Bauernfängers)

Kafka note dans son Journal, le 8 août 1912 : « Achevé le " Filou ", à ma plus ou moins grande satisfaction ». Ce récit est le dernier terminé des petits textes qui constituent le recueil *Regard*. Mais sa conception remontait loin dans le passé. Un récit, qui commence généralement par les mots : « Eh ! dis-je, et je lui donnai un petit coup de genou [...] » apparaît dans le Journal pour la première fois vers le début de novembre 1910. Il est suivi d'un certain nombre d'autres ébauches, toutes très courtes, qu'on trouve le 3 et le 6 janvier 1911, le 19 février de la même année et au mois d'août encore. Dans la plupart de ces récits, deux personnages dialoguent sur le seuil d'une maison, où l'un des deux est invité. Dans certaines ébauches, l'invité est un provincial qui n'est arrivé à la ville que depuis peu de mois. Dans le premier texte — le plus long de tous — un lien est établi avec l'intrigue de « Description d'un combat », en particulier avec la « Conversation avec l'homme ivre ». L'invité semble peu pressé de se rendre à la réception où il est convié : là-haut c'est la société et la vie ; en bas, c'est l'existence du célibataire « avec ses vêtements minces, son art de la prière, ses jambes endurantes, le logement en location qui lui fait peur [...] » Son interlocuteur, le « célibataire de la rue », comme le texte le dénomme, à demi endormi, ne cherche guère à retenir son compagnon d'un soir et n'essaie pas de le convaincre ; lui-même ne croit plus à rien, il est désabusé et amer.

Mais lorsque Kafka parvient enfin, dans « Un filou démasqué », à mener à bien son histoire, le thème du célibat a disparu. Et le compagnon du narrateur est dénoncé maintenant comme un filou, qui n'a pas d'autre soin que de détourner les autres de la vie. Le récit s'est simplifié ; il a gagné en vivacité et en vigueur. Et il rejoint en même temps le thème général du recueil *Regard*, si toutefois il est légitime de rechercher une unité dans cette suite de textes.

Page 41

La Promenade inopinée
(Der plötzliche Spaziergang)

Il s'agit d'un fragment du Journal, daté du 5 janvier 1912. Mais le texte est manifestement rédigé comme un récit littéraire. On reconnaît sans peine la maison familiale de Kafka, avec la menace de la partie de cartes à laquelle il faudra participer après le dîner. En même temps, l'auteur ironise sur cette fausse libération, à laquelle il feint de donner l'apparence d'une révolte.

Page 43

Résolutions
(Entschlüsse)

Comme le récit précédent, *Résolutions* figure dans le Journal, à la date du 5 février 1912 et, comme lui, il a été conçu et écrit comme un texte littéraire. Il exprime, comme de nombreux autres récits de *Regard* la vanité de toute révolte et de toute action, la tentation de l'ataraxie et du quiétisme.

Une première traduction française de ce texte avait paru dans le recueil *La Muraille de Chine*. On lisait, dans cette édition, que le texte du Journal comportait, au lieu de A. « Loewy » (l'acteur juif ami de Kafka), au lieu de B. « ma sœur », au lieu de C. « Max » (Brod). Mais cette indication n'est nulle part confirmée et il y a tout lieu de la tenir pour inexacte.

Page 44

L'Excursion en montagne
(Der Ausflug ins Gebirge)

Ce petit texte fait partie de « Description d'un combat » ; il a été introduit dans la deuxième version de ce récit et date donc approximativement de 1910. L'idée est inspirée par le passage du chant IX de l'*Odyssée*, où Ulysse est devenu le prisonnier du cyclope Polyphème. « Cyclope, tu me demandes quel est mon nom fameux ; je vais donc te le dire. Toi, fais-moi un présent d'hospitalité, comme tu l'as promis. Personne, voilà mon nom. C'est Personne que m'appellent ma mère, mon père et tous mes compagnons. » Et lorsque Ulysse a crevé d'un coup d'épieu l'œil du cyclope : « " Quelle douleur t'accable, Polyphème, et pourquoi dans la nuit immortelle as-tu poussé ces cris, qui nous ont réveillés ? " [...] Du fond de l'antre, le fort Polyphème leur répondit : " Qui me tue, amis ? Personne, par ruse ; nulle violence. " Ils lui adressèrent en réponse ces paroles ailées : " Si Personne ne te fait violence et si tu es seul, c'est sans doute une maladie que t'envoie le grand Zeus et que tu ne peux éviter [...] " »

Kafka joue à son tour sur le nom « Personne ». Mais c'est pour ironiser amèrement sur sa propre solitude.

Page 44

Le Malheur du célibataire
(Das Unglück des Junggesellen)

Le texte provient du remaniement assez profond d'un passage du Journal en date du 14 novembre 1911, que voici :

« Il semble qu'il soit si affreux d'être célibataire et, vieillard gardant à grand peine sa dignité, de demander accueil quand on veut passer une soirée en compagnie ; de traîner chez soi en portant son repas à la main, de ne pouvoir jamais attendre indolemment personne. Calme et confiant, de ne pouvoir faire de cadeaux à quiconque que de mauvais gré et en se forçant, de prendre congé à la porte cochère, de ne jamais monter l'escalier à grands pas au côté de sa femme, d'être malade et de n'avoir pour toute consolation que la vue qu'on a de la fenêtre, si l'on parvient à s'asseoir dans son lit, de n'avoir dans sa chambre que des portes de communication qui donnent dans les appartements des autres, d'éprouver la distance que vous marquent les membres de votre famille, dont on ne peut conserver la sympathie que grâce au mariage, d'abord par le mariage de vos propres parents, puis par le vôtre, quand l'effet de celui-ci commence à faiblir, de devoir s'émerveiller devant les enfants des autres, sans avoir le droit de répéter sans cesse : je n'en ai pas, parce qu'on n'a pas de famille qui grandisse à vos côtés, de se sentir immuablement vieux, de se composer une apparence et un maintien calqués sur un ou deux célibataires surgis de nos souvenirs de jeunesse. Tout cela est vrai ; seulement, on commet facilement l'erreur d'étaler tellement devant soi ces souffrances futures que le regard doit se porter au-delà et ne revient plus, alors qu'en réalité c'est déjà là qu'on en est aujourd'hui et qu'on sera plus tard, avec un corps et avec une tête bien réels et donc avec un front pour cogner dessus avec la main. »

Kafka n'a pas eu tort d'élaguer cette énumération un peu confuse. Le texte qu'il admet dans *Regard* est cependant un de ceux dans lesquels il est le moins bien parvenu à se détacher de l'expression directe du vécu. Il dut d'ailleurs être lui-même peu satisfait de son texte, car il reprend le même thème dans son Journal deux ou trois semaines plus tard, entre le 3 et le 8 décembre. Ce deuxième texte est plus cruel encore ; il décrit la fin du célibataire : alors que les autres sont soudain abattus par la mort, « lui, le célibataire, se contente dès le milieu de la vie et apparemment de son plein gré d'un espace toujours plus étroit et, s'il meurt, le cercueil est tout juste à sa mesure ». Mais ce deuxième essai est aussitôt abandonné. Peut-être le thème du célibat le touche-t-il de trop près pour qu'il puisse se prêter déjà à une utilisation littéraire. Il faudra attendre pour cela le « Filou démasqué » et surtout « Le Verdict ».

Page 45

Le Commerçant
(Der Kaufmann)

Ce texte est un des huit récits que Kafka publie, sous le titre de *Betrachtung* (au singulier) dans le premier numéro de la revue *Hyperion*, en janvier-février 1908. Dans cette première édition, il n'a pas de titre. Il datait apparemment de 1907.

On discerne dans le petit récit l'écho des soucis professionnels dans l'affaire familiale ; le héros de l'histoire est probablement aussi un célibataire qui, en rentrant chez lui, ne rencontre que la solitude. À l'image « réaliste » de cette existence désolante répondent à la fin du texte les rêves d'évasion.

Page 48

Regards distraits à la fenêtre
(Zerstreutes Hinausschauen)

Ce texte est, lui aussi, un des huit récits parus en janvier-février 1908 dans le premier numéro d'*Hyperion*. Lors de cette première publication, il n'a pas de titre. Il est imprimé une seconde fois le 27 mars 1910 dans le journal *Bohemia* sous le titre « À la fenêtre ». Pâle image d'une fin d'après-midi d'hiver, où la vie est contemplée de loin, comme un simple jeu de lumière et d'ombre.

Page 48

En rentrant chez soi
(Der Nachhauseweg)

Première publication (sans titre) dans le premier numéro de la revue *Hyperion* en 1908. Le texte est repris dans le recueil *Regard* en 1913, sous le titre « En rentrant chez soi ». Le sentiment de liberté factice, la sotte suffisance exprimée dans ce texte, et qui semblent prendre le contre-pied du « Commerçant », rappellent quelques motifs de *Description d'un combat*.

Page 49

La Poursuite
(Die Vorüberlaufenden)

Encore un texte publié (sans titre) dans le premier numéro de la revue *Hyperion* en 1908 ; il est ensuite, comme « Regards distraits à la fenêtre », réimprimé, sous le titre « Dans la nuit », dans le journal *Bohemia* du 23 mars 1910. Le texte énumère, avec naïveté et fausse bonne conscience, tous les sophismes et les doutes qui autorisent le narrateur à ne pas agir. C'est le thème principal des petits récits de *Regard* : la paresse devant la vie, le sentiment de rester étranger et indifférent à tout.

Page 50

Le Passager du tramway
(Der Fahrgast)

Ce texte, lui aussi, a été publié (sans titre) en 1908 dans le premier numéro d'*Hyperion,* puis réimprimé sous son titre actuel le 23 mars 1910 dans le journal *Bohemia.* Le narrateur de cette petite histoire se sent tout à coup, dans une situation des plus banales, étranger à lui-même, injustifié. Le monde qu'il a devant lui — ici, une jeune fille debout à quelques pas de lui — est un spectacle, qu'il décrit avec une abondance de détails qui en souligne l'étrangeté, sans le rendre plus proche ou plus familier. La jeune fille, elle aussi, est injustifiée — on se demande seulement comment elle peut vivre si naïvement, sans se poser de questions sur elle-même.

Page 51

Robes
(Kleider)

Ce texte appartient à la première version de « Description d'un combat ». Il date donc approximativement de 1904. Il n'est pas repris dans la deuxième version de ce récit.

Vers la fin de « Description d'un combat », deux personnages — ceux-là mêmes qu'on avait vus au début de cette histoire — cheminent ensemble et évoquent leurs amours, au sujet desquels l'un et l'autre paraissent inquiets. « Lorsque j'étais assis à côté d'elle », dit l'un d'eux, « je ne cessais de penser : " Quelle audace — quelle hardiesse de te lancer dans cette traversée — de boire le vin à pleins gallons. " Mais, quand elle rit, elle ne montre pas les dents, comme on s'y attendrait ; on ne voit que le trou sombre et tordu de sa bouche entrouverte. Elle a beau rejeter la tête en arrière quand elle rit : cela lui donne un air vieillot et rusé. » Son interlocuteur répond : « Je ne puis vous contredire », lui dis-je en soupirant. « J'ai dû sans doute m'en apercevoir, moi aussi, car cela doit être assez visible. Mais il n'y a pas que cela. » Sur quoi, il lui expose ses pensées sur les robes des jeunes filles. Ces réflexions sur la routine et sur l'usure du temps, cette hésitation à « boire le vin à pleins gallons » rejoignent les thèmes principaux de *Regard*.

Page 52

L'Amoureux éconduit
(Die Abweisung)

« L'Amoureux éconduit » est encore un des petits textes qui paraissent (sans titre) dans le premier numéro de la revue *Hyperion* en janvier-février 1908. Hedwig Weiler, avec laquelle Kafka entretient des relations amoureuses en 1907, lui avait adressé, en sollicitant son avis, un poème écrit par un de ses amis. Kafka émet un avis défavorable et, pour se faire pardonner, lui envoie « une vieille et méchante babiole, qu'[il] a faite il y a peut-être un an. » Il s'agit de « L'Amoureux éconduit », qui date donc de 1906 environ. Il y a d'autres amoureux éconduits dans l'œuvre de Kafka à cette époque, en particulier dans « Description d'un combat ». La phrase : « tu portes une robe de taffetas plissé qui faisait notre bonheur à tous l'automne dernier et pourtant — malgré ce dangereux vêtement que tu portes sur toi — il t'arrive de sourire », semble continuer le thème de « Robes », rédigé quelques mois plus tôt.

Page 53

Proposé à la réflexion des gentlemen-riders
(Zum Nachdenken für Herrenreiter)

Ce récit est publié pour la première fois le 27 mars 1910, avec quatre autres de ces petits textes, dans le journal *Bohemia*. Il est à nouveau imprimé en 1913 dans l'almanach des éditions Kurt Wolff, intitulé *Das bunte Buch* (qui porte la date de 1914). En 1909/1910, Kafka prend des leçons d'équitation. Le petit récit illustre spirituellement les dangers de la réussite ; il invite à tenir en bride son ambition et à rester prudemment dans l'ombre.

Page 54

La Fenêtre sur rue
(Das Gassenfenster)

Ce texte, qui n'avait pas été publié avant *Regard*, est probablement le plus ancien de tout le petit recueil. Kafka écrivait, en effet, le 9 novembre 1903 à son condisciple et ami Oskar Pollak : « Parmi tous les jeunes gens, tu es à vrai dire le seul à qui j'aie parlé et s'il m'est arrivé de parler à d'autres, ce n'était qu'en passant ou à cause de toi ou par ton intermédiaire ou en relation avec toi. Tu étais, entre beaucoup d'autres choses, également pour moi un peu comme une fenêtre, par laquelle je pouvais regarder dans la rue. Tout seul, je ne le pouvais pas, car, malgré ma haute taille, je n'arrive pas encore au niveau de l'appui. » En envoyant à Felice Bauer, le 11 décembre 1912, le volume de *Regard*, qui venait de paraître, il lui écrivait : « Vas-tu reconnaître combien ces petits textes sont différents l'un de l'autre par l'ancienneté ? L'un d'eux, par exemple, a bien huit ou dix ans d'âge. » Il s'agit certainement de « La Fenêtre sur rue ». On voit ce que signifie cette « fenêtre sur rue » : c'est un ami par l'intermédiaire duquel un solitaire, coupé de la vie, parvient à garder un contact avec le monde.

Page 54

Si l'on pouvait être un Peau-Rouge
(Wunsch, Indianer zu werden)

Ce récit très court est le seul petit texte de *Regard* sur la rédaction duquel on ne possède aucun renseignement. Il n'est publié nulle part avant la parution du recueil, ce qui donne à penser qu'il n'a dû être écrit que peu de temps avant 1912. Par l'évocation de l'enfance, il s'apparente à « Enfants sur la grand-route » (1910), par le démontage de la vie qui s'y opère et par le sentiment de la vanité et de l'irréalité de toute chose, il rappelle « Proposé à la réflexion des gentlemen-riders » (1910).

Page 55

Les Arbres
(Die Bäume)

Ce petit texte est détaché de la première version de « Description d'un combat » ; il remonte donc à 1904-1905. Il appartient à la suite de la conversation entre le gros homme et l'homme en prière. Ce dernier essaye de justifier qu'il aille prier à tue-tête à l'église pour attirer sur lui les regards et « retrouver un corps ». Comme toutes les machines de guerre que nous construisons ne servent pas à grand-chose, comme le monde est privé de toute consistance, « qui donc nous empêcherait de dire, un jour de beau temps : " Pardieu la belle journée ! " ». Et, pour illustrer l'inconsistance d'un monde où tout n'est qu'apparence, il fait la comparaison des hommes avec des troncs d'arbres dans la neige. Ce petit texte est repris, dans un contexte différent, dans la deuxième version de « Description d'un combat ».

Page 55

Un jour que j'étais malheureux
(Unglücklichsein)

Ce récit figurait, sans titre, en tête du deuxième cahier du Journal ; il avait donc été rédigé peu avant novembre 1910. Il n'avait pas été publié avant de figurer comme le dernier texte du recueil *Regard*. Mais il semble que Kafka ait donné lecture de ce récit à Max Brod le 3 mars 1911. Auquel cas, c'est à ce texte que ferait allusion ce passage d'un billet à Max Brod, rédigé deux jours plus tard : « Merci, mon cher Max. Je sais parfaitement ce que cela vaut. C'est comme toujours. Les défauts viennent de plus profond en moi que ce que cela a de bon. »

Le texte du Journal s'arrêtait après la phrase : « Mais à quoi me sert de n'y pas croire ? » Ce qui suit aurait donc été ajouté au moment de l'impression de *Regard*, comme si Kafka avait voulu terminer son livre sur une note humoristique.

Ce que raconte ce petit récit est manifestement une rencontre du narrateur avec le fantôme de son enfance, une confrontation entre les innocents espoirs du passé et la misère du présent.

Le 14 décembre 1913, Kafka note dans son Journal : « Je viens de lire dans Dostoïevski le passage qui rappelle si fort son récit " Un jour que j'étais malheureux ". » Le seul texte de Dostoïevski où intervienne un fantôme est apparemment le passage des *Démons* où Stavroguine confesse à l'évêque Tikhone qu'il a « d'étranges hallucinations, surtout la nuit, qu'il [voit] parfois, ou [sent] auprès de lui une sorte d'être méchant, railleur et " raisonnable ", qui lui [apparaît] sous différents aspects, avec différents caractères ; " mais c'est toujours le même, et j'enrage toujours "... » La suite, c'est-à-dire la Confession de Stavroguine, fait comprendre qu'il s'agit du fantôme de Matriocha, la petite fille que Stavroguine avait violée et qui s'était ensuite pendue. On ignore, il est vrai, comment Kafka avait pu avoir connaissance de la Confession de Stavroguine, que l'éditeur de Dostoïevski avait refusée et qui ne fut éditée qu'après la Révolution russe, en 1927. Sans doute une traduction en allemand avait-elle été répandue peu de temps avant la guerre. On s'étonne aussi du rapprochement que fait Kafka entre la terrible histoire que raconte Dostoïevski et le récit assez anodin de *Regard* : mais cette réflexion date de la fin de 1913, au plus fort des démêlés avec Felice Bauer ; c'est ainsi apparemment qu'en cette période de crise Kafka interprétait le petit récit qu'il avait rédigé trois ans plus tôt.

Page 61

Vacarme
(Großer Lärm)

Ce texte est un passage du Journal, en date du 5 novembre 1911. Il fut imprimé en octobre 1912 dans les *Herder-Blätter,* mais Kafka ne le reprit pas dans *Regard.* Ce texte est cependant conçu lui aussi comme une composition littéraire. Il a été livré à l'impression en ne subissant que d'infimes modifications ; même la sœur de l'auteur, Valli, y apparaît avec son prénom véritable.

Page 63

Le Verdict
(Das Urteil)

Le Verdict fut composé tout entier dans la nuit du 22 au 23 septembre 1912, entre dix heures du soir et sept heures du matin. Il ne se produira plus jamais dans la vie de Kafka une inspiration aussi impérieuse. Aussi gardera-t-il toujours le souvenir de ce merveilleux moment de création. *Le Verdict* est la seule de toutes ses œuvres qu'il ne mettra jamais en doute. L'auteur lui-même, emporté par sa fiction, est loin de démêler toutes les implications de son histoire : « Ce récit », notera-t-il le lendemain dans son Journal en comparant à un accouchement la naissance de son récit, « est couvert d'ordure et de mucosités et moi seul ai la main qu'il faut pour atteindre le corps, je suis le seul à en avoir envie. » Toute tentative pour établir une continuité logique dans le développement du récit n'est pas seulement inutile, elle constitue un contresens. La vérité qui se fait jour à mesure que l'intrigue se déroule est à l'origine inconnue des acteurs du drame, inconnue aussi de l'auteur : la haine du père pour son fils, qu'il envoie à la mort, la haine du fils pour son père, qu'il veut « recouvrir » comme on jette un linceul sur un cadavre, se révèlent seulement à la faveur de l'action. « Tu étais, au fond, un enfant innocent », dit le père Bendemann à son fils, « mais, plus au fond encore, un être diabolique » : l'amour et la haine, loin de s'exclure, se conjuguent. Le père est un vieillard déchu et lamentable ; mais il reste, en dépit de tout, le détenteur de l'autorité et de la loi et aussi le père castrateur, qui dresse son interdit sur le chemin du sexe. Ceux qui ont reproché à Grégoire Bendemann de ne pas se révolter contre un père aussi débile ou aussi méchant, laissent échapper le sens de l'histoire. Des sentiments cachés ou refoulés, des projets à demi conscients, se révèlent à la faveur des lapsus ou des actes manqués : « Comme tout peut être dit », écrit Kafka, surpris lui-même, de ce pouvoir de la littérature, « comme pour toutes les idées, même les plus étranges, un grand feu est préparé dans lequel elles se fondent et renaissent. »

Le Verdict se situe aussi de façon très précise dans l'histoire intime de Kafka. En 1912, sa seconde sœur, Valli, se marie ; Max Brod s'installe dans une vie à demi conjugale, qui deviendra un mariage quelques mois plus tard. Kafka se sent plus solitaire que jamais, presque abandonné par l'ami dont le secours lui était le plus nécessaire. L'obsession du célibat, qui s'était exprimée déjà dans tant de récits, se fait encore plus vive. Le 20 septembre 1912, il écrit sa première lettre à Felice Bauer, qu'il avait rencontrée un mois plus tôt chez les parents de Max Brod. Beaucoup d'autres lettres allaient suivre pendant cinq ans, pour constituer une correspondance proprement insensée. C'est beaucoup plus tard — en juin 1913 — que Kafka demandera la main de Felice. Mais *Le Verdict*, composé deux jours après la première lettre, prouve que le projet était déjà, à quelque niveau de la conscience, présent dans son esprit. Kafka sait que l'aventure du mariage, dans laquelle il s'engage, ne peut se réaliser qu'au détriment d'une grande partie de ses exigences intérieures ; il sait qu'il risque de compromettre, en particulier, son activité d'écrivain. C'est cette quasi-trahison qu'exprime son attitude envers « l'ami de Russie », le symbole ici de l'indépendance et de la liberté. On a voulu quelquefois reconnaître dans ce personnage quelques traits de Jizchak Löwy, l'acteur juif ami de Kafka, qui menait, en effet, la vie la plus irrégulière et la moins raisonnable ; cette identification n'est peut-être pas dénuée de fondement, mais elle n'importe guère. C'est sa propre vie, ce sont ses problèmes les plus urgents et les plus profonds qui inspirent à Kafka le sujet de son récit.

Composé le 22-23 septembre 1912, *Le Verdict* fut lu par Kafka à la Société Herder de Prague ; le journal *Bohemia* rendit compte avec enthousiasme de cette lecture. Le récit fut édité pour la première fois au printemps 1913 dans la revue annuelle *Arkadia*, que dirigeait Max Brod et dont ce fut d'ailleurs l'unique numéro. Le texte portait la dédicace : « Pour Mademoiselle Felice B. ». La première publication en volume eut lieu en 1916 aux éditions Kurt Wolff ; on avait envisagé d'abord un recueil qui eût été intitulé *Châtiments* et qui aurait contenu aussi *La Métamorphose* et *La Colonie pénitentiaire*. Mais Kafka insista pour obtenir une publication isolée. Une deuxième édition parut en 1920.

Page 79

La Métamorphose
(Die Verwandlung)

Après la rédaction du *Verdict*, Kafka s'est attaqué à la seconde version de son roman américain, *L'Oublié*. Au mois de novembre 1912, cependant, son activité créatrice se ralentit et il est saisi de doutes sur son projet ; il fait part à Felice Bauer de ses inquiétudes, mais ajoute dans la même lettre : « Je t'écrirai sans doute encore aujourd'hui, bien que j'aie beaucoup de courses à faire et que je doive rédiger une petite histoire, dont j'ai eu l'idée au lit au milieu de mon marasme et qui m'obsède. » Il s'agit de *La Métamorphose*, qui va l'occuper beaucoup plus longtemps qu'il ne l'avait d'abord supposé. On peut suivre dans la correspondance avec Felice Bauer le progrès de sa création : celle-ci se prolonge jusqu'à la nuit du 6 au 7 décembre 1912. Sans doute n'en avait-il conçu primitivement que le premier chapitre ; mais l'histoire prend peu à peu des développements inattendus. Il écrit à Felice, le 23 novembre : « Oui, ce serait beau de te lire cette histoire, en étant forcé de te tenir par la main, car l'histoire est un peu terrifiante. Elle s'appelle " Métamorphose ", elle te ferait une peur abominable et peut-être demanderais-tu qu'on t'en fasse grâce [...]. » Il qualifie lui-même plusieurs fois son récit de « répugnant ». Et quand, quelques années plus tard, son éditeur lui reprochera le caractère « pénible » de ce qu'il écrit, Kafka lui répondra : « Votre critique de ce caractère pénible rejoint tout à fait ma propre opinion [...]. J'ajouterai simplement que mon écrit n'est pas seul à être pénible ; en général toute l'époque où nous vivons et le temps que j'ai vécu en particulier étaient également très pénibles [Kafka écrit cette lettre pendant les années de guerre] et mon temps propre l'a même été plus longtemps que notre époque en général. » *La Métamorphose*, le plus illustre sans doute des récits de Kafka, est aussi son texte le plus cruel. On y retrouve des thèmes analogues à ceux du *Verdict* (la haine du père pour le fils et du fils pour le père, l'horreur de la vie familiale, la médiocrité d'une bourgeoisie confinée), mais tout y est poussé à l'extrême ; la déchéance ne va pas seulement jusqu'à la solitude et à l'abjection, elle descend jusqu'à l'animalité. Gregor Samsa n'est pas seulement coupé de son métier et de sa famille, il est devenu étranger à son propre corps.

Dans un récit inachevé intitulé « Préparatifs de noce à la campagne », que Kafka rédige en 1907, il avait eu déjà l'idée d'un personnage métamorphosé en insecte. Eduard Raban, le héros de l'histoire, à la veille d'un déplacement à la campagne qui ne l'enthousiasme guère, rêve de se séparer de son corps : « Ne puis-je pas faire comme je faisais toujours lorsque j'étais enfant, dans les affaires dangereuses ? Je n'ai même pas besoin de partir moi-même à la campagne, ce n'est pas nécessaire. J'y envoie mon corps couvert de mes vêtements [...]. Et moi, pendant ce temps-là, je suis couché dans mon lit, mollement recouvert d'un édredon marron clair, livré à la brise qui entre par la fenêtre entrouverte. » Dans ce demi-exil volontaire, Eduard Raban se sent maître du monde ; les seuls mouvements qui ont lieu sont ceux-là seuls qu'il autorise. Et il continue : « Quand je suis comme cela couché dans mon lit, j'ai l'air d'un gros scarabée, un lucane ou un hanneton, je crois [...]. Oui, j'ai l'air d'un gros scarabée. Je serre mes petites pattes contre mon corps ventru. Et je chuchote un petit nombre de mots, ce sont les ordres que je donne à mon triste corps, qui est là, tout contre moi, penché vers moi. J'en ai bientôt fini — il s'incline, il s'en va vivement et il va tout exécuter pour le mieux, tandis que je me reposerai. »

Dans *La Métamorphose*, l'idée est reprise, mais bien plus profondément exploitée. Le narrateur s'identifie bien davantage à son héros changé en bête ; il imagine ses gestes et les mime. Il fait comprendre à la fois l'isolement de l'animal et l'horreur qu'il inspire.

Si donc, par beaucoup de traits, *La Métamorphose* s'apparente au *Verdict*, elle en est aussi l'exact contraire. *Le Verdict* racontait une libération, avec la part de tricherie et de lâcheté que celle-ci comporte : *La Métamorphose* représente, au contraire, la vie recluse et solitaire que Kafka menait avant que la rencontre avec Felice Bauer ne fasse apparaître à ses yeux des horizons nouveaux ; il dessine, en la noircissant à plaisir, une image de son récent passé, de ses enfers familiers.

La troisième partie du récit, peut-être moins attendue, introduit un autre thème : celui de la « nourriture inconnue ». D'autres textes, beaucoup plus tardifs, comme « Un artiste de la faim » ou « Les Recherches d'un chien », reviendront sur ce thème. On ne soupçonnait pas, à l'origine, de tels appétits spirituels chez ce voyageur de commerce effacé et falot. Ce sont les futurs développements de l'œuvre qui ici s'annoncent.

Le 1ᵉʳ mars 1913, Kafka donne lecture chez Max Brod de l'ensemble de son récit. On raconte volontiers que ce fut, dans le groupe d'amis, l'occasion d'un fou rire. Ce n'est pas tout à fait exact : le fou rire dont parle Kafka dans une lettre à Felice Bauer n'intervint qu'après la lecture, comme si les auditeurs avaient voulu se libérer de l'extrême tension que provoque le récit. Max Brod et Franz Werfel s'entremettent aussitôt pour faire publier *La Métamorphose*. Kafka ne s'y oppose pas ; il souhaite seulement qu'on réunisse en un seul volume, qui pourrait s'intituler *Fils* les trois histoires qu'il vient d'achever, *La Métamorphose*, *Le Verdict* et *Le Soutier*. A la suite de divers malentendus et de fausses manœuvres, la publication va assez longtemps tarder. Il faut attendre 1915 pour qu'elle paraisse, dans une revue d'abord, les *Weisse Blätter*, puis isolément en volume : le recueil qui aurait réuni les trois histoires de fils ne devait jamais voir le jour.

La Métamorphose, comme on s'en doute, retint immédiatement l'attention. La critique la plus imprévue et la plus remarquable fut, dans le *Berliner Tageblatt*, celle d'Oskar Walzel, un historien bien connu de la littérature. Walzel était sensible à la qualité de l'ouvrage, mais il ne fut pas capable d'en apprécier la nouveauté et l'audace. Il place le récit dans le sillage de Kleist, le compare à Gustav Meyrink, il fait la louange d'un art fondé, croit-il, « sur la compassion et la pitié » ; il célèbre dans le récit « une fidélité à l'impression réelle qu'un naturaliste aurait tout lieu de lui envier ». « Kafka », écrit Walzel, « touche notre cœur parce qu'il reste près de la vie. » D'autres critiques, en revanche, comme Robert Müller, dans la *Neue Rundschau*, sont heurtés par l'audace de l'invention, qui leur paraît à l'excès braver la vraisemblance et trop attendre de la bienveillance du lecteur. Le même auteur croit, on ne sait trop pourquoi, percevoir dans le récit « quelque chose de profondément allemand » ; il évoque curieusement une ressemblance, qu'il ne définit d'ailleurs pas, avec la manière des *Maîtres chanteurs*. Au même moment, Max Brod, pour des raisons tout aussi obscures, reconnaît dans *La Métamorphose* « un des documents les plus juifs de notre temps ». « Un cas difficile : » écrit Kafka à Felice Bauer, « Suis-je un écuyer de cirque monté sur deux chevaux ? »

Page 149

Le Soutier
(Der Heizer)

Le premier chapitre de *L'Oublié (L'Amérique)* est le seul chapitre du roman que Kafka acceptera de publier de son vivant, car il considérait les 500 autres pages du livre comme « totalement manquées ». À peu près contemporain du *Verdict* et de *La Métamorphose*, ce texte devait primitivement, selon le vœu de son auteur, faire partie, comme on l'a dit déjà plus haut, d'un recueil, qui aurait été dénommé *Fils*. Ce volume cependant ne vit jamais le jour et *Le Soutier* fut publié isolément en volume en 1913. Deux rééditions inchangées eurent lieu en 1916 et en 1917-1918.

Une première version de *L'Oublié* avait été rédigée au cours de l'année 1912, mais Kafka en était mécontent. Le manuscrit de cette ébauche a disparu ; il a probablement été détruit par son auteur.

Dans la période créatrice qui succède à la rédaction du *Verdict* à l'automne de 1912, Kafka reprend son projet. Max Brod note dans son Journal : « Kafka en extase passe ses nuits à écrire. » Le 6 octobre, il donne lecture à son ami à la fois du *Verdict* et du *Soutier*, pour lequel il conserva toujours une certaine tendresse. On ne trouve pas dans *Le Soutier* les thèmes d'angoisse, qu'on associe d'ordinaire au nom de Kafka et qui s'affichent déjà à la même époque dans *Le Verdict* et dans *La Métamorphose* : c'est un récit plein d'humour, qui paraît balayer le tragique. Rarement Kafka s'est livré avec autant d'allégresse au plaisir de la fabulation. Lui-même a reconnu l'influence de Dickens ; on y retrouve aussi des procédés inspirés du cinéma, auquel Kafka était à cette époque très attentif. Les motifs « personnels », les thèmes d'auto-punition sont entièrement absents du récit. Là où apparaît sans doute le mieux la manière de Kafka, c'est dans l'extrême passivité du héros, Karl Rossmann, violé par sa bonne, ballotté par tous les hasards, généreux et naïf, s'employant pour une cause incertaine, la trahissant ensuite avec une égale candeur.

Deux ans plus tard, en un moment de sécheresse et de doute, Kafka notera dans son Journal : « Si les deux éléments — qui se manifestent de la manière la plus caractéristique dans *Le Soutier* et dans *La Colonie pénitentiaire* — ne parviennent pas à s'unir, je suis fini. Mais cette union a-t-elle une chance de se produire ? » Sans doute voulait-il dire qu'il lui faudrait concilier un jour profondeur et naïveté, alacrité du récit et gravité du sens.

Préface de Claude David   7

LA MÉTAMORPHOSE ET AUTRES RÉCITS

Conversation avec l'homme en prière   21
Conversation avec l'homme ivre   30
Regard :   35
   Enfants sur la grand-route   35
   Un filou démasqué   39
   La Promenade inopinée   41
   Résolutions   43
   L'Excursion en montagne   44
   Le Malheur du célibataire   44
   Le Commerçant   45
   Regards distraits à la fenêtre   48
   En rentrant chez soi   48
   La Poursuite   49
   Le Passager du tramway   50
   Robes   51
   L'Amoureux éconduit   52
   Proposé à la réflexion des gentlemen-riders 53
   La Fenêtre sur rue   54
   Si l'on pouvait être un Peau-Rouge   54

Les Arbres   55
Un jour que j'étais malheureux   55
Vacarme   61
Le Verdict   63
La Métamorphose   79
Le Soutier   149

DOSSIER

Notice biographique   191
Bibliographie   194
Notes   197

Impression Bussière à Saint-Amand (Cher),
le 1ᵉʳ septembre 1989.
Dépôt légal : septembre 1989.
Numéro d'imprimeur : 7919.
ISBN 2-07-038105-6./Imprimé en France.